SPORTING - ELI

VERSIONE ITALIANA

KYLIE GILMORE

Traduzione di
MIRELLA BANFI

Sporting – Eli © 2021 di Kylie Gilmore

Copertina di: Michele Catalano Creative

Traduzione di: Mirella Banfi

Pubblicato da: Extra Fancy Books

ISBN-13: 978-1-64658-092-7

1

Eli

Da bravo poliziotto di Summerdale, si suppone che io non dica che la gente è idiota, ma stasera la mia pazienza è arrivata al limite. Finora, durante il mio turno ho:

- Beccato dei minorenni con dell'alcol (cinque volte).
  Non potreste almeno portare la vostra schifosa birra nei boschi, dove non faccio la ronda?
- Confiscato fuochi d'artificio illegali (tre volte).
  Potreste non perdere un dito quando sono di servizio io?
- Spiegato perché la gente non può parcheggiare dove ci sono le uscite di emergenza (troppe volte per contarle). *Idioti.*

Ironia della sorte, io ero uno di quegli idioti che infrangevano le regole. Chi può far rispettare le regole meglio del tizio che le infrangeva tutte da adolescente?

Il mio turno è finito, quindi perché sono tornato al centro di tutta l'azione al lago Summerdale? Tradizione. È la regata di fine estate, sono tutti in barca sul lago con luci festose e volevo guardare i fuochi d'artificio con la comunità in cui sono cresciuto e che amo. Sono sulla riva, senza uniforme, con una t-shirt nera e i jeans, seduto con la schiena appoggiata a un albero per godermi lo spettacolo. Non c'è niente come una calda notte d'estate vicino al lago. Ci sono tanti ricordi, qui, con la mia famiglia, a goderci un picnic sulla spiaggia, a nuotare e pescare con mio padre. Più tardi, il lago era diventato il mio posto preferito per pomiciare con le ragazze, prima di avere la patente, poi avevo trovato posti più isolati per tutte le mie attività amorose. Mi piacciono le donne. Il loro profumo, la loro pelle morbida, le loro curve, le loro voci dolci.

Mi rimetto in piedi e mi stiracchio mentre i fuochi d'artificio finiscono con una brillante esplosione finale rossa, azzurra e viola. L'ufficio intrattenimenti del municipio mette sempre in piedi uno spettacolo coi fiocchi. Mi trattengo sulla spiaggia, lasciando che la gente se ne vada prima di me. Non c'è motivo di affrettarmi a uscire dal parcheggio affollato di fronte all'Horseman Inn, solo per restare fermo in coda seduto in auto. Anche se è una bellezza, una Ford Mustang GT Premium, color argento, convertibile, con sedili in pelle riscaldabili, un motore V8 e cambio automatico a dieci marce. Ce l'ho da due settimane, è la mia prima auto nuova da sempre (le altre erano di seconda mano) ed è un sogno da guidare.

Finalmente la folla sembra essersi diradata e vado verso la strada che gira intorno al lago.

La mia Mustang brilla sotto la luce della luna, che stasera è quasi piena. Oggi l'ho lavata e ho usato una cera speciale come tocco finale. È uno spettacolo.

Attraverso la strada, premo il tasto e apro la portiera. Le luci posteriori rosse di una Honda Accord parcheggiata davanti alla mia si accendono.

N-o-o-o. Guardo inorridito la Honda che tampona la mia nuovissima Mustang. Risucchio il fiato. Lo scricchiolio del paraurti anteriore della Mustang sembra un colpo diretto al mio plesso solare. La mia bambina. La mia nuovissima bambina.

Corro a controllare il danno. Il paraurti anteriore è distrutto.

Gesticolo furiosamente verso il guidatore, ancora nell'auto. «Che diavolo stavi facendo? Hai fatto retromarcia direttamente contro la mia auto!»

Si apre la portiera della Honda e scende una donna bionda che conosco bene. Jenna Larsen. È la migliore amica di mia sorella Sydney, la mia fantasia sessuale quand'ero un adolescente ed è sexy da morire in quella maglietta bianca e shorts di jeans che mettono in mostra le sue lunghe gambe.

In questo momento non me ne importa niente.

«Hai rovinato la mia auto!» urlo, indicando il danno imperdonabile. Il mio orgoglio e la mia gioia, per la quale ci sono voluti fin troppi stipendi. E non ho ancora finito di pagarla!

Lei mi dà un'occhiata prima di andare a controllare il retro della sua auto. Non la mia. La *sua*! Come se il problema maggiore fosse il suo paraurti posteriore.

Indico il mio paraurti. «Guarda. L'auto è nuova, l'ho ritirata due settimane fa!»

Lei guarda il mio paraurti ammaccato. «Calmati, non è niente di grave. Sono sicura che si può sistemarlo.»

Non riesco ad accettare quant'è noncurante riguardo a questa atrocità, specialmente dopo la serata stancante che ho avuto. «Hai almeno guardato prima di fare retromarcia?»

Lei sposta lo sguardo, con un'espressione lievemente colpevole. «Ho la telecamera posteriore. Semplicemente non ha funzionato per un attimo perché ho acceso la radio.»

Mi avvicino, in piena modalità poliziotto autoritario, fino a invadere il suo spazio personale. Non molto più bassa del mio metro e ottantacinque, ci guardiamo quasi negli occhi. Mantengo calma la voce. «E non hai notato che la telecamera non funziona quando cominci a premere i tasti?»

La guardo negli occhi e qualcosa cambia, un corpo che ne riconosce un altro a livello primitivo e l'aria sparisce dai miei polmoni. Maledizione, provo ancora qualcosa per Jenna Larsen.

～

Jenna

Non provo niente per Eli Robinson. Picchietto rapidamente il volante mentre guido verso casa, fresca di tamponamento. È stato solo... Uno strano momento. Uno strano momento con un maschio alfa furioso, con gli occhi fissi nei miei, il suo odore virile, il timbro profondo della sua voce. Sento un brivido ripensandoci.

Da vicino non sembrava l'Eli con il quale sono cresciuta. Come ho fatto a non notare com'è diventato? Pieno di muscoli dal collo alle spalle ampie e arrotondate. Era un ragazzino scheletrico e aggressivo. Adesso ha un'ombra di barba sulla mandibola squadrata. Ovviamente sapevo che era cresciuto. L'ho visto in giro per la città, a fare le sue cose da poliziotto. A volte lo vedo da lontano all'Horseman Inn, il bar-ristorante storico di proprietà della mia amica Sydney. Suona la chitarra acustica il sabato sera. Non ci siamo mai visti da vicino però, a faccia a faccia, a un soffio di distanza. C'era qualcosa nel tono autoritario e infuriato con cui mi ha apostrofato che mi ha eccitato.

Puah. *Non posso* eccitarmi per Eli Robinson. È l'irritante fratellino di Sydney. Peggio ancora, quello verso cui lei è più protettiva tra i suoi due fratelli minori, Eli e Caleb. Sydney ha contribuito a crescerli dopo la morte della madre, quando lei aveva dodici anni. Allora Eli aveva dieci anni e Caleb otto. Con i fratelli maggiori il rapporto è diverso, hanno aiutato loro a crescere lei, ma con i due minori è una mamma orsa. Ancora adesso.

Sydney e io siamo legate come due sorelle, amiche per la pelle fin dall'asilo, e quel legame fraterno significa moltissimo per me da quando mia sorella è sparita dalla mia vita a seguito dell'orribile divorzio dei miei genitori.

Okay, basta strani pensieri su Eli Robinson. Non è un uomo con cui potrei avere un'avventuretta, che è tutto ciò che posso accettare. Sydney darebbe di matto se lo facessi. Sa esattamente perché evito le relazioni. Non devo guardare oltre il divorzio orribile ed estenuante dei miei genitori per sapere che una relazione impegnata non fa per me. Anche così, ho tentato un paio di volte di farla funzionare con un uomo. La mia relazione più lunga è durata un mese, al college. Quando il ragazzo mi ha chiesto di conoscere i miei genitori, mi era sembrato di non poter dire di no, ma era troppo e troppo presto, quindi avevo rotto con lui. Dopo era diventato appiccicoso, nel tentativo di tornare con me e più insisteva meno volevo tornare con lui.

Poi c'era stata quella volta in cui avevo *veramente* tentato con Brian, un anno dopo il college, ma era finita dopo tre settimane, quando aveva detto che ero sempre distaccata. A me non sembrava e questo fatto gli faceva solo provare pena per me. Aveva detto che ero incapace di legarmi a qualcuno e gli avevo creduto. La prova mi guardava diritto in faccia, dopo la lunga sequela di tentativi che non erano mai durati più di un mese. A quel punto ho solo smesso di tentare. Il problema sono io. Non sono tipo da relazioni serie.

Scendo dall'auto e vado all'ingresso laterale per salire al mio appartamento sopra la mia pasticceria, il Summerdale Sweets. L'estate scorsa ho rilevato il vecchio caffè in città da una dei fondatori hippie originali, Rainbow. Prima vivevo a Brooklyn e facevo la pendolare a Manhattan per un lavoro nell'IT che mi divorava l'anima. Summerdale è abitata perlopiù da famiglie o da gente con cui sono cresciuta, come l'uomo che al momento è incazzato con me. Uomini e le loro auto. Sono sicura che in officina saranno in grado di ripararla senza problemi.

Vado direttamente in camera, metto in carica il telefono sul comodino, appoggio la borsetta sul pavimento accanto e vado in bagno per prepararmi ad andare a letto. Tranne lo shock di tamponare l'auto di Eli, è stata una serata deprimente. So che non dovrei permettere che mi infastidisca, ma due delle mie tre amiche (Sydney, Harper e Audrey) ora sono sposate. Solo Audrey e io siamo single e lei è decisa a trovare quello giusto appena possibile. Non invidio alle mie amiche la loro felicità, ma so da tanto che il matrimonio non fa per me.

Ora che i miei amici più cari si stanno sposando e probabilmente formeranno presto una famiglia, non riesco a fare a meno di pensare che mi lasceranno indietro. Si faranno nuovi amici, coppie sposate o mamme, e io resterò la "zia" di second'ordine che invitano alle feste di compleanno dei loro figli.

Mi lavo vigorosamente i denti e ripenso alle mie scelte di vita. Forse non avrei dovuto lasciare il mio lavoro nell'IT. Pagava bene.

Forse non avrei dovuto seguire la mia passione per la pasticceria e tornare nella mia città natale.

Forse me ne dovrei semplicemente andare.

Dove? Per fare che cosa?

Sputo il dentifricio e risciacquo. Non so perché sono così agitata. Sto avendo una crisi di un terzo della vita, in una bella serata d'estate dopo essermi goduta la regata al chiaro di luna con gli amici. In pratica è una festa galleggiante: tutte le nostre barche legate insieme sul lago ad ammirare i fuochi d'artificio. Tutto sommato è stata una bella serata.

Mi infilo il pigiama estivo (una vecchia t-shirt e pantaloncini corti) e vado a letto. Chiudo gli occhi e mi ritorna in mente l'incidente. Il rumore della mia auto che colpiva qualcosa. Il corpo di Eli così vicino. Poi mi torna in mente un altro ricordo. Uno dolce. Eli che era passato a casa mia il giorno in cui ero partita per il college nel North Carolina. Aveva sedici anni, non si era ancora irrobustito, ma era alto. Quando avevo aperto la porta mi aveva ficcato in mano un mazzo di rose rosse e mi aveva detto che gli sarei mancata. Lo avevo ringraziato e se n'era andato in fretta com'era arrivato. Allora ero rimasta sorpresa ma avevo pensato che fosse un bel gesto.

Suona il mio telefono. Accendo la lampada sul comodino e mi chino per controllare lo schermo. È un numero del posto ma non so di chi. *Eli?* Sento un'ondata di calore e il cuore che batte forte senza motivo. Solo perché io ho provato una piccola fitta di desiderio una volta non significa che non posso parlare con lui. È solo Eli.

Lascio che la chiamata vada in segreteria.

Dopo qualche momento, sento una notifica e prendo il telefono. Appare un messaggio.

Ehi, sono Eli. Ho avuto il tuo numero da Sydney. Fammi avere le coordinate della tua assicurazione. Porterò l'auto in officina appena riuscirò ad avere un appuntamento. Queste sono le mie informazioni.

Allegata c'è l'immagine della sua polizza di assicurazione. Non è niente di personale, ma il mio cuore non vuole smetterla di correre. Perché di colpo un messaggio sembra una cosa così intima? Forse perché sono a letto?

Stacco il telefono, mi appoggio ai cuscini contro la testiera e penso a che cosa devo rispondere. *Mi dispiace di non aver sentito la tua chiamata e di aver rovinato la tua auto nuova? È tanto tempo che non ci vediamo?* Non è mai stato nel mio negozio e sono qui da un anno. È quasi come se mi stesse evitando. Tutti quelli che conosco si sono fermati da me entro il primo mese.

Lo chiamerò e basta. Non è un gran problema. Clicco sul suo messaggio e appare l'icona del telefono. Visto? Facile. Ho il dito sopra il tasto. *Premilo e basta.* Sento una scarica di adrenalina. Premo comunque il tasto.

«Jenna» dice bruscamente Eli con la sua voce profonda e autoritaria da poliziotto.

Riattacco.

Merda. Rimetto il telefono sul comodino e lo fisso. Forse dovrei semplicemente spegnerlo. Lo richiamerò domani e dirò che il telefono si era scaricato.

Il telefono suona e lo afferro, facendolo accidentalmente cadere sul pavimento. Lo raccolgo e premo un paio di volte, talmente ansiosa di recuperare dopo aver riappeso che finisco per riappendere di nuovo. Maledizione. Adesso sembra che lo stia evitando. Conosco Eli da praticamente tutta la vita. Beh, c'è stato un lungo intervallo quando sono partita per andare al college e non sono tornata fino all'estate scorsa. L'intervallo di tempo durante il quale si è trasformato in un uomo stupendo e spavaldo. Esattamente il mio tipo.

È il tipo di tutte, giusto? Non significa niente.

Mi siedo sul bordo del letto e fisso il telefono. Non so davvero che cos'ho che non va stasera. Di solito sono una persona molto razionale. Calma, tranquilla, ecco come sono.

Non riesco a credere di aver riattaccato due volte.

Premo il tasto per richiamarlo, con la mano non completamente ferma. Appena risponde dico in fretta: «Ciao Eli, scusami, ho riappeso per sbaglio». *Due volte.*

«Libretto e assicurazione» mi ordina.

«Uh, solo un momento.» Nella mia fretta di prendere la borsa dal pavimento sbatto la mano così forte contro il comodino che il dolore mi fa cadere il telefono dall'altra mano. Di nuovo. Mi sbatto la mano sugli occhi, mortificata perché non riesco a superare una semplice conversazione con quest'uomo. Mi accuccio e raccolgo il telefono. Almeno è caduto entrambe le volte sul tappeto.

Faccio un respiro profondo prima di provare di nuovo a parlare. «Scusa.» È tutto quello che riesco a dire.

«Stai bene?»

Non ne sono più così sicura.

2

«Sono solo stanca» dico mentendo. Sono completamente sveglia, piena di adrenalina.

«Okay. Ho solo bisogno dei dati dell'assicurazione. Sono talmente abituato a dire libretto e assicurazione quando fermo la gente che mi è uscito così. In effetti dico *patente* e libretto. Non importa.»

Rido e mi esce una risata un po' sospirosa. «Mi dispiace per il nostro piccolo tamponamento.»

La sua voce diventa severa. «Più una collisione, direi. La mia auto è nuova di zecca. Non sarà mai più la stessa.»

Sono sul punto di dirgli che prima o poi la sua auto si sarebbe ammaccata, ma riesco a trattenermi. Forse Eli non si lascia mai coinvolgere in un tamponamento. Per me non è il primo. «Sono veramente dispiaciuta. Non era certo intenzionale.» Controllo nel portafogli e mi rendo conto di non avere il tagliando dell'assicurazione. «Il tagliando dell'assicurazione è in auto. Farò una fotografia e te la manderò.»

Silenzio.

«Eli? Eli?»

«Uh, sì, certo. Mi sono estraniato per un attimo. Avrei dovuto fare un rapporto sull'incidente, ma non è troppo tardi. Posso farlo domani.»

«Ma era una cosa così trascurabile.»

«È meglio averlo, per l'assicurazione. Se non ti dispiace, mi fermerò domani mattina per fare le fotografie della tua auto e stilare il rapporto. Sarò di servizio domani pomeriggio.»

«Non è un conflitto di interessi? Stilare il tuo stesso rapporto?»

«Okay. Allora chiederò al Capo Daniels di fermarsi domani mattina. È di servizio alle otto del mattino. Va bene per te?»

Il mio negozio non apre fino alle nove, ma io mi alzo presto per preparare. «Certo.»

«Bene. Spero di riuscire a risolvere tutto in fretta. Poi mi toglierò dai piedi.»

Sono inaspettatamente delusa, dopo tutto il mio ridicolo nervosismo. Mi piace il suono della sua voce, la sua sicurezza. È un uomo che sa qual è il suo posto nel mondo. «Ti piace fare il poliziotto?»

«Sì. Mi piace sapere che aiuto la comunità. Non sono solo multe o rispondere a chiamate per la fauna selvatica.» Adesso la sua voce sembra più calda.

Mi sistemo nel letto, appoggiandomi nuovamente al cuscino contro la testiera. «Chiamate per la fauna selvatica?»

«Già» risponde ridacchiando. «A volte chiamano la stazione per rumori sospetti nella loro proprietà, temendo che sia un ladro. Di solito sono procioni o puzzole. A volte anche un cervo, se mi baso su tutte le chiamate a cui ho risposto dove non c'era segno di problemi. Il cervo se n'era semplicemente andato.»

«Quindi non hai mai desiderato di andartene da Summerdale, in posti dove ci sarebbero potuti essere crimini più eccitanti da investigare?»

«Summerdale è casa mia. Non è il motivo per cui sei tornata per aprire una pasticceria?»

«È stata una coincidenza fortunata.»

«Cioè?»

«Il lavoro non mi piaceva e ho detto a Sydney che avrei voluto aprire una pasticceria. Mi piace preparare dolci e sembra così soddisfacente dare alla gente bontà appena sfornate. Lei mi ha informato che Rainbow aveva intenzione di ritirarsi e avrebbe chiuso il caffè. Coincidenza fortunata. Proprio quando ero pronta a cambiare lavoro, eccolo. Non ho dovuto pensarci troppo, mi sono solo lanciata.»

«Rimpianti?»

«Mi manca la vita sociale di Brooklyn.» *Gli uomini single sono decisamente più numerosi là.*

«Abbiamo anche noi una vita sociale. Devi solo sapere dove guardare.»

«Per esempio?»

«I barbecue, il lago, il bar all'Horseman Inn, forse ne hai sentito parlare.»

Rido. Ci passo un mucchio di tempo perché è di Sydney. È il nostro posto, mio, di Sydney, Audrey e Kayla (la futura cognata di Sydney). Anche di Harper, quando è in città.

Eli continua. «O ti riferivi ai posti per rimorchiare? Devo ammettere che qui non c'è molto da scegliere.»

Sento una vampata di calore. È strano sentire Eli che parla di quello. È Eli. «Sì, beh, si può sempre trovarli, se si è abbastanza motivati. Ci sono le app e si può sempre andare fuori città.»

«Lo fai spesso?» La sua voce ha assunto un tono sensuale. «Usare un'app, intendo.»

Sento uno strano formicolio che mi allarma. Solo sentendo la sua voce al telefono. *Davvero?*

Mi schiarisco la voce. «Siamo usciti dal seminato. Ti manderò i dati dell'assicurazione. Mettiti in contatto con me quando avrai un preventivo.»

«Ehi, non stavo giudicando. Ero solo curioso. Non ti vedo mai con nessuno.»

Smettila. Metti fine a questa conversazione pericolosa.

«E tu?» dico senza riuscire a fermarmi. «Usi un'app per trovare le donne?»

«Io sono della vecchia scuola. A faccia a faccia. Incontro un sacco di gente, amiche di un'amica, al bar o in un club.»

«Frequenti i club?»

«Sissignora. Mi piace ballare e alle donne piace un uomo che non ha paura di scendere in pista.»

Resto a bocca aperta per la sorpresa. Eli non è il tipo rigido che pensavo che fosse, basandomi sulla sua professione. Ovviamente, da ragazzo era malizioso e da adolescente un terrore. Era solito rubare le auto prima di avere un catorcio tutto suo. Sydney temeva che sarebbe finito in prigione. Ora è Eli che dà gli ordini e tiene in riga la gente. Che ironia. È un miracolo che il Capo Daniels l'abbia assunto.

«Dove vai a ballare?» gli chiedo.

«Alcuni club in SoNo.» È South Norwalk nel Connecticut, a circa mezz'ora d'auto a sudest di qui. «A volte vado all'Happy Endings a Clover Park, anche se non c'è molto da rimorchiare lì.» Anche Clover Park è a mezz'ora da qui, verso est. Summerdale, nello Stato di New York, è quasi al confine con il Connecticut.

«Non sapevo che si ballasse all'Happy Endings.» È un bar-ristorante sulla Main Street a Clover Park. Molto prima del divorzio dei miei genitori, la mia famiglia era solita andare lì per il brunch domenicale e poi gironzolare per la bella cittadina, giusto per cambiare scenario. Questo prima che andasse tutto a puttane quando avevo nove anni.

«Già, hanno ingrandito il bar sul retro, aggiungendo una pista da ballo e delle sale da biliardo. È venuto veramente bene.»

Mi piace ballare ma mi astengo dal chiedergli di unirmi a lui. Innanzitutto, Sydney mi ucciderebbe. Secondo, è lo stesso ragazzo che ci rubava i popcorn e saltava fuori da dietro gli angoli quando andavamo a cercarlo, gettandoceli addosso. Portava i pigiami con i piedi. Il piccolo Eli.

E adesso è questo maschio alfa, spavaldo, a cui sto veramente cercando di non pensare. Mi ha portato le rose prima che andassi al college. Sono sicura di conoscerlo?

«Sei ancora lì?» mi chiede.

«Scusa. Mi ero distratta.» *Piuttosto direi che mi girava un po' la testa.*

«Okay. Ti lascio andare. Mi metterò in contatto riguardo alla riparazione.»

Saluto e chiudo, passandomi una mano tra i capelli, un po' disorientata. Non conosco questa versione adulta di Eli e la cosa che mi spaventa è che una parte di me vorrebbe conoscerla.

~

Eli

Martedì vado da Murray's, l'officina qui in città. Fanno riparazioni e piccoli lavori di carrozzeria. È circa mezzogiorno e mi vedrò lì con Jenna. L'appuntamento per avere il preventivo si è rivelato semplice perché il negozio di Jenna è chiuso il martedì e il mio turno non comincia fino alle cinque del pomeriggio. Penso che potremmo far controllare anche la sua auto. Aveva una bella ammaccatura sul paraurti posteriore.

Entro nell'officina aperta. Ci sono due campate ed entrambe contengono un'auto. Guardo sotto una vecchia Toyota bianca, da cui spuntano corte gambe coperte da una tuta blu. «Ehi, Sloane.»

Lei rotola fuori da sotto l'auto. I suoi occhi colore dell'ambra spiccano contro i capelli scuri e le macchie di grasso sulla fronte e la guancia. «Eli, dammi solo un minuto per risigillare.» Rotola nuovamente sotto l'auto. Sloane Murray era un anno dietro a me a scuola ed è tornata di recente in città.

Qualche minuto dopo l'accompagno alla mia Mustang. Lei fa una smorfia guardando il danno. «È un vero peccato, per una bellezza come questa, nuova di zecca.»

Fisso il paraurti anteriore. «Lo so» dico con la voce triste.

Lei controlla i lati del paraurti e sotto.

Con la coda dell'occhio vedo l'Honda Accord rosa che sta arrivando. Jenna mi saluta agitando una mano e io alzo la mia, dicendomi di fare l'indifferente. Solo perché avevo una cotta per lei e non sono riuscito a togliermela dalla testa da quando ha rovinato la mia auto non significa che succederà qualcosa. Non sono più l'adolescente innamorato, in preda a una monumentale cotta non corrisposta.

Ho esperienza.

Ho delle alternative.

Jenna si ferma accanto alla mia auto e scende.

Maledizione. Ho ancora una cotta monumentale non ricambiata. Non sarebbe così male se lei non lo sapesse, ma lo sa, da quando le ho regalato quelle rose con il biglietto che farei di tutto per non aver scritto. Che diavolo stavo pensando, facendo un tentativo disperato il giorno in cui stava partendo per il college? La mia unica scusa è che ero troppo giovane per riflettere. Sedici anni, pieno di testosterone, con anni di desiderio represso. Le avevo dato il mio cuore e lei mi aveva dato una pacca sulla testa dicendo: «Grazie, amico». *Una pacca sulla testa!* Come se fossi ancora un bambino. Ovviamente non sapeva del biglietto quando mi aveva dato quella pacca. L'avevo infilato nell'involucro di carta perché non volevo che lo leggesse davanti a me. Comunque, una cosa maledettamente imbarazzante.

Mi sorprende che non ne abbia parlato. Forse è imbarazzata anche lei. E in quel caso possiamo comportarci come se non fosse successo niente. Sarebbe la cosa ideale. Sì, vada per quello. Un uomo deve mantenere la sua dignità.

La blusa azzurro chiaro è slacciata quel tanto che basta per mettere in mostra un po' di seno. Sento la bocca asciutta quando il mio sguardo scende alla vita sottile e la lieve curva dei fianchi negli aderenti pantaloni bianchi che finiscono dove comincia la curva dei polpacci rotondi. Calzini e sneakers bianchi.

Mi dà una gomitata nelle costole. «Sei molto meno minaccioso alla luce del giorno.»

«Ti ho intimidito?» È Jenna Larsen, dea del sesso, donna sicura di sé.

«La mia auto!» abbaia con una voce profonda, imitando il sottoscritto. Si mette davanti a me alzando le spalle. «La pagherai per questo!»

Scuoto la testa sorridendo. «Non ero affatto così. Inoltre ti sei offerta tu di pagare. Spero che l'assicurazione copra quasi tutto, che ti tocchi solo la franchigia.»

Gli occhi di Jenna si fissano sulle mie labbra per qualche secondo prima che si rivolga bruscamente a Sloane. «È un danno grave?»

«Dovrò ordinare un paraurti nuovo» dice Sloane. «Fortunatamente la zona circostante è intatta.»

«E che mi dici del suo paraurti posteriore?» chiedo

Jenna mi schiaffeggia scherzosamente il braccio. «Impertinente!»

Sorrido, mi piace questo flirtare. Perché ero così preoccupato? Probabilmente non ha nemmeno pensato al mio biglietto con l'eccitazione di lasciare casa sua per la nuova avventura del college.

Sloane si sposta per controllare il paraurti della Honda. Un momento dopo, si mette le mani sui fianchi. «Stimo un paio di migliaia di dollari per il lavoro di Eli. Sui millecinque per il tuo, Jenna. Ho guardato il costo dei paraurti di ricambio prima che arrivaste e, fortunatamente, non c'è molto altro da fare. Solo qualche ritocco. Manderò un preventivo dettagliato alle assicurazioni per entrambe le auto. Vediamo quanto accetteranno di pagare, poi mi metterò in contatto per avere il vostro benestare.»

«Millecinquecento!» esclama Jenna. «Lascia perdere. Posso convivere con un paraurti ammaccato.»

«Non è sicuro guidare con un paraurti danneggiato» dice Sloane. «Dovrebbe proteggerti nel caso di un altro incidente.»

Jenna stringe le labbra prima di rivolgersi a me. «Quant'è la tua franchigia?»

«Mille.»

«Anche la mia. È un tamponamento veramente costoso. Inoltre la mia assicurazione aumenterà perché è stata colpa mia.» Si morde il labbro inferiore, finalmente sembra agitata per questa faccenda quanto lo sono io. Non è una gran consolazione.

Mi avvicino, voglio che si senta meglio. «Mangiamo qualcosa e vedremo che cosa fare.»

Jenna annuisce. «Okay, certo. Dove?»

«L'Horseman Inn è il più vicino. Inoltre si dà il caso che
conosca la proprietaria.»

Jenna accenna appena a un sorriso, con le sopracciglia
ancora aggrottate per la preoccupazione. «Sì, già, anch'io. Ci
vediamo lì.»

Abbiamo un appuntamento.

3

Jenna

Non è un appuntamento. Pranzerò con Eli per uno scopo preciso. Tranne che l'aria tra di noi sembra elettrica e l'ho colto un paio di volte che mi osservava. Probabilmente perché lo stavo fissando anch'io. Non avevo mai notato quanto fossero belli i suoi occhi nocciola. C'è un sottile anello marrone chiaro intorno al verde con pagliuzze dorate. I capelli castano scuro sono tagliati corti e mettono in evidenza gli zigomi larghi e le guance ben rasate. E non posso fare a meno di notare come tiri la maglietta nera sul torace e le spalle muscolose. Bicipiti sporgenti, avambracci da favola, mani grandi. Devo ammetterlo: è diventato un figo pazzesco.

Mi guardo attorno sentendomi in colpa. Sydney è qui da qualche parte, probabilmente sul retro in cucina in questo momento e non posso fare a meno di chiedermi che cosa dirà del fatto che stiamo pranzando insieme. È una cosa completamente innocente, ma se non riuscissi a nascondere il desiderio che sto cercando di combattere?

Prendo una patatina e la intingo nel ketchup. Di solito mangio solo un'insalata a pranzo, quindi oggi ho scelto qualcosa di caldo. Un sandwich con roast beef caldo e patatine fritte. Paradisiaci. Ho la fortuna di avere un metabolismo elevato, quindi posso mangiare tutto quello che voglio. Meno male, perché assaggio sempre le mie nuove creazioni. «Allora, che cosa avevi in mente?»

I suoi occhi nocciola sono fissi nei miei. «Che cosa significa che cosa ho in mente?»

Arrossisco, cosa strana. Non arrossisco quasi mai. Non c'è niente che mi sconcerti. «Hai detto che avremmo visto che cosa fare riguardo al tamponamento.»

«Ah, sì.» Beve un sorso d'acqua. «Non voglio che tu finisca in bolletta. Paga quello che puoi e io coprirò il resto.»

«Eli, non è giusto.»

«Potresti pagarmi a rate. Va meglio?»

Lascio andare il fiato. È gentile, molto più di quanto mi aspettassi, visto quant'era arrabbiato. La verità è che i margini della pasticceria sono minimi, dato che sto ancora pagando l'attrezzatura che ho dovuto comprare. «No, è colpa mia. Non avrei dovuto dire niente riguardo al costo. Ci penserò io.»

Sydney appare al mio fianco e fissa gli occhi castano chiaro su me ed Eli. Ha i lunghi capelli color Tiziano raccolti in una coda di cavallo. «Salve, che cosa sta succedendo qui?»

Cerco di assumere un'espressione neutra, attenta a non guardare direttamente Eli o lei. «Stavamo solo cercando di definire i particolari per pagare il tamponamento. È costoso ed entrambe le nostre auto hanno il paraurti danneggiato.»

Sydney resta a bocca aperta. «Stai arrossendo? Scommetto che so perché. Eli ti ha confessato che quando aveva quindici anni...»

Eli la interrompe. «Syd, sai che cosa sarebbe perfetto?»

Sydney gli rivolge un'occhiata maliziosa. «Che cosa, fratellino?»

«Se te ne andassi» dice. «Jenna e io abbiamo parecchio da discutere.»

Lo osservo. Ha un'espressione seria, le labbra strette. Non sta arrossendo. Che cos'è successo quando aveva quindici anni?

Sydney si picchietta il lato del naso. «Capito. Come non detto.» Si china verso il mio orecchio. «Adoro metterlo in imbarazzo. Privilegio delle sorelle maggiori.» Si allontana per andare a controllare il tavolo vicino, tornando al suo lavoro.

Mi arrischio a guardare Eli. Che cosa c'è stato di così imbarazzante quando aveva quindici anni? Aveva a che fare con me? Allora avevo diciassette anni, ero molto presa nelle attività scolastiche e a uscire con i miei amici. Non ricordo che sia successo qualcosa che coinvolgesse lui.

Lui si china sul tavolo e sussurra: «È irritante, puoi ammetterlo. Non glielo riferirò».

Mi scappa un sorriso. «Lei diceva la stessa cosa di te.»

«Allora era vero, ma la maggior parte dei fratelli minori vive per quella roba.» Il suo tono di voce diventa sensuale. «Adesso mi trovi irritante, Jenna?»

Deglutisco. Lui mi fissa negli occhi. Vuole sapere se adesso lo trovo affascinante. *Troppo, maledizione.*

Guardo dall'altra parte della sala, cogliendo lo sguardo di Sydney, che inarca le sopracciglia con una domanda sul volto.

Mi volto verso Eli, cercando di non sembrare troppo interessata. «Che cos'è successo quando avevi quindici anni?»

Lui si appoggia allo schienale. «Assolutamente niente.»

Mi chino sopra il tavolo, tenendo bassa la voce. «Allora, che cosa stava insinuando? C'entravo io?»

Eli alza una spalla massiccia in un gesto indifferente. «Chi lo sa?» E torna a mangiare il suo sandwich di tacchino.

Dev'esserci stato qualcosa, ma lascio perdere. Potrò sempre chiederlo dopo a Sydney. Comunque mi sento a disagio, seduta qui con lui mentre Sydney aleggia qui vicino. Come se stessi facendo qualcosa di sbagliato.

Mi chino nuovamente in avanti e sussurro: «Probabilmente avremmo dovuto andare a mangiare da qualche altra parte».

«La prossima volta» mormora Eli.

C'è una promessa in quelle parole che mi procura una vampata di calore in tutto il corpo. Ci guardiamo intensamente per un momento, mi sembra di essere sotto tensione. Distolgo a forza lo sguardo e bevo un lungo sorso di tè freddo. Mi rammento perché sono qui. Ho rovinato la sua auto, non posso permettermi di riparare né la sua né la mia e devo trovare una soluzione. *Questo non è un appuntamento.*

«Mi piacerebbe pagarti a rate» dico. «Preparerò un piano e firmerò qualcosa per renderlo ufficiale. Ti pagherò anche gli interessi.»

«Mi sembra vada bene, senza interessi però. Allora, che cosa ti ha fatto abbandonare i computer a favore dei cupcake?»

La sua voce è ricca come il cioccolato, profonda e calda, e si avvolge intorno a me. Potrei ascoltare quella voce per tutto il giorno.

«Jenna?» Mi sembra divertito.

Mi riscuoto dai miei pensieri ribelli. «Scusa. Uhm, gli interessi. Devo decisamente pagarteli. È il meno che posso fare, visto che l'incidente è stato colpa mia.»

«Niente interessi. Queste sono le mie condizioni. Adesso rispondi alla mia domanda. Parlami di te.»

Mi strofino il lato del collo, abbassando le palpebre. «Grazie.»

Eli mi alza il mento con un dito, rivolgendomi un sorriso lento e sexy che mi scioglie dentro. «Che cosa ti ha fatto sostituire i computer con i cupcake?»

Vuole veramente conoscermi e mi scopro a volergli parlare di me.

«Bene, dopo aver passato sei anni a configurare hardware, software e reti, risolvendo nel contempo ogni crisi tecnica, mi sembrava che la mia anima stesse morendo. L'unica cosa che mi rendeva felice era fare dolci il fine settimana. Ho fatto qualche corso serale, imparando di più sulla pasticceria e ho cominciato a rendermi conto che è tutto ciò che voglio fare. Voglio creare cose deliziose che fanno felici le persone.»

Eli sorride e gli si illumina il volto. «Quindi ti rende felice fare felice la gente.»

«È così. Dio sa che non ho mai fatto felice nessuno sistemando la sua rete. Si aspettano che funzioni sempre, danno di matto quando non è così e poi, quando sistemi il problema, incolpano te perché aveva smesso di funzionare. I cupcake e i brownie sono molto più indulgenti.»

«Hai qualcosa di salutare nel tuo menu?»

«Certamente. I miei cupcake alla carota contengono un quarto della tua razione quotidiana di carote.»

Lui ridacchia, con gli occhi nocciola che scintillano. «Forse verrò a trovarti.»

«Potrebbero piacerti anche le mie ciambelle al sidro.»

Lui mi punta addosso un dito. «Non cominciare con la storia dei poliziotti e le ciambelle!»

«Ehi, fanno solo parte del mio menu autunnale» rispondo ridendo.

Ci sorridiamo per un momento prima di tornare a mangiare in amichevole silenzio. Mi rilasso. Mi sento sicura con lui, in un certo senso, perché lo conosco da tanto tempo e so che proviene da una buona famiglia. Mi chiedo solo perché non ci siamo mai incrociati da quando sono tornata a casa l'anno scorso.

C'è qualcosa che mi infastidisce abbastanza da dirlo finalmente a voce alta. «Sai, non sei venuto una sola volta nel mio negozio da quando ho aperto.»

Eli spalanca gli occhi prima di prendere un tovagliolino e pulirsi la bocca. Poi dice: «Avrei dovuto venire a vederlo».

Mi chino in avanti. «Avresti dovuto. Mi sono sentita offesa perché non l'avevi fatto. Sono venuti tutti gli altri membri della tua famiglia. Perfino Drew, lo scorbutico, ha comprato tre scatole di biscotti da dividere con i suoi studenti di karate.»

«Sì, certo, ti sei sentita offesa. Non avevi nemmeno notato che esistevo finché non sei finita contro la mia auto.»

Indico vagamente intorno a noi. «Ti ho visto in città, mentre lavoravi. Non volevo disturbarti mentre eri di pattuglia.» *E sembravi troppo invitante nella tua uniforme.*

«Forse non volevo interromperti mentre preparavi i dolci.»

«Dai, ammettilo. Mi stavi solo evitando.»

Eli si irrigidisce e guarda un punto sopra la mia spalla. «Perché avrei dovuto evitarti?»

Alzo le mani. «Non ne ho idea.»

Eli si appoggia nuovamente allo schienale, rilassandosi. «Ero occupato a catturare i piantagrane. Niente di personale.»

A me era sicuramente sembrato personale. Studio la sua espressione, ma ha una gran faccia da poker. Non riesco a capire se sta mentendo. Non so perché mi infastidisca tanto che non sia venuto nemmeno una volta. Sembra essere l'unico in città a non averlo fatto e dev'essere stato di proposito. «Non ho mai detto o fatto niente per offenderti, vero?»

«No, assolutamente niente.» Alza un dito. «In effetti, credo che tu non mi abbia detto niente più di "vattene" da quando avevo tredici anni.»

«Solo perché erano momenti riservati alle ragazze.»

Lui inclina la testa. «Comunque, basta rivangare i vecchi tempi.»

Lascio perdere, dato che preferirei non soffermarmi su quello che era per me una volta: il fratellino pestifero di Sydney. Mi incasina veramente la testa pensare a lui in quel modo mentre cerco di evitare di guardarlo apertamente. Con desiderio.

«Qual è il crimine peggiore con cui hai avuto a che fare a Summerdale?»

Lui stringe le labbra, tentando di appicciarsi sul volto un'espressione cupa, ma i suoi occhi scintillano di buon umore. «Meglio che non te lo dica.»

Mi chino in avanti. «Parla.»

«Beccavo regolarmente Rainbow che prendeva il sole nuda in riva al lago. Le dicevo che doveva coprirsi.»

Mi strappa una risata. «Era una vera hippie.» Rainbow era una dei fondatori originali di Summerdale. Un gruppo di hippie che negli anni Sessanta l'aveva pensata come una specie di utopia. Ho comprato il suo vecchio caffè quando si è trasferita in Florida lo scorso anno. Lei serviva frullati verdi e insalate con germogli di alfa-alfa. Nonostante quello, aveva incoraggiato il mio approccio più dolce.

«Sei felice qui?» mi chiede Eli.

Ci penso. «Adoro il mio negozio ed essere tornata con Sydney e Audrey. E adesso anche Kayla. È un tesoro.» Kayla è fidanzata con suo fratello maggiore, Adam.

«Ma...»

Mi pulisco la bocca con il tovagliolo e allontano il piatto. «Non si può essere contenti di tutto.»

«Ti manca la tua vecchia vita a Brooklyn?»

«Mi manca il senso dell'avventura di uscire il sabato sera con il potenziale di incontrare qualcuno di interessante.»

«Interessante significa sexy.»

Mi guardo attorno, cercando Sydney. Dev'essere tornata in cucina o nel suo ufficio. «Devono avere anche un cervello. Ho degli standard.»

«Quindi niente idioti sexy per Jenna Larsen, eh?»

«Esattamente» rispondo ridendo.

«Vai all'Happy Endings sabato sera. Potrebbe sorprenderti chi incontrerai» dice ammiccando.

Arrossisco. Ci sta provando con me. Sarebbe così sbagliato incontrarlo fuori città? Sì. Perché poi dovrei rivederlo a Summerdale, probabilmente per gli anni a venire. E Sydney lo scoprirebbe.

«O magari no» dice.

«Non posso pensare a te in quel modo.»

Mi fissa con gli occhi ardenti e parla con la voce bassa e sensuale: «Penso che tu lo stia già facendo».

Mi lecco le labbra e lui osserva ogni movimento. Sento una fitta di desiderio. «Non posso. Sei una presenza fissa in una città in cui ho intenzione di restare per il prevedibile futuro. Significa imbarazzo potenziale se le cose non funzionano e, secondo la mia esperienza, le cose non funzionano mai.»

«È solo un drink, Jenna.»

Come faccio a spiegargli che non posso restare con qualcuno senza rivelargli la mia storia travagliata? Lui non conosce tutti i raccapriccianti particolari sulla mia famiglia e non voglio che mi veda così. Per non dire poi che Sydney non approverebbe.

«Niente di personale» dico, perché non è veramente personale. So solo quando è ora di tagliare i ponti, prima che si verifichino danni più gravi.

Eli mi studia per un lungo momento.

«Sembrate piuttosto seri» dice Sydney avvicinandosi. Si ferma al nostro tavolo, fissando prima uno e poi l'altra. «Avete sistemato la faccenda dell'auto?»

«Stavamo per farlo» dice seccamente Eli.

Sydney gli fa un saluto militare e va al bar.

Eli mi guarda alzando le sopracciglia.

«Solo amici, okay?»

Lui prende il portafogli, getta qualche banconota sul tavolo e si alza. «Ci vediamo in giro.» Va a grandi passi verso la porta prima che io possa rispondere.

«Mi terrò in contatto» gli dico. «Con un assegno e i documenti.»

Lui alza la mano per confermare di aver sentito prima di uscire.

Fisso il mio piatto. «Grazie per il pranzo» dico, parlando nel vuoto.

Sydney si siede al suo posto. «Alloooora, che accordi avete preso?»

Sospiro. «Abbiamo concordato un piano di pagamenti per risarcirgli il danno all'auto.»

«È stato generoso da parte sua non pretendere tutto subito.»

«Sì, è vero.»

Lei prende il conto dalla tasca del grembiule, conta i soldi che ha lasciato Eli e li ritira. «Dà anche delle buone mance. Grazie, Eli.»

«Per che cosa lo stavi prendendo in giro, parlando di quando aveva quindici anni?»

Lei mi fa segno di avvicinarmi. «Mi ucciderebbe se sapesse che te l'ho detto, ma allora mi aveva chiesto se ti piacesse un tipo particolare di ragazzo. Ho pensato che avesse una cotta per te. Allora mi era sembrato così ridicolo che non te ne avevo parlato. Capisci, noi eravamo all'ultimo anno e lui solo in seconda. Comunque, lo avevo dimenticato finché non vi ho visto pranzare insieme. Non credo di avervi mai visto insieme senza di me. Bizzarro.»

«In effetti è stato carino» dico piano, guardando la porta da cui è appena uscito. «È...»

«Non ti azzardare a dirmi che hai intenzione di provarci con il mio fratellino» sbotta Sydney.

Volto di colpo la testa verso di lei.

Ha un tono di voce feroce. «Niente da fare. Ti conosco, Jenna. Dai di matto all'idea di un impegno duraturo e lasci una scia di cuori infranti dovunque vai. Se farai del male a Eli, beh, non potrei mai perdonarti.»

Risucchio il fiato. Sapevo che l'idea non le sarebbe piaciuta, ma sentirglielo dire in quel modo mi spaventa a morte. Non posso perdere la mia migliore amica, la cosa più vicina che ho a una sorella. «Okay, ho capito.»

Sydney mi stringe il braccio. «Scusa, so che posso esagerare un po' con Eli. Anche Caleb.» Alza una mano e piega le dita. «Escono gli artigli quando si tratta dei miei cuccioli. Sono come la loro seconda mamma da quando è morta la nostra. Avevano bisogno di me.»

«Certo, lo so. Solo il meglio per i tuoi fratellini.»

«Esattamente.»

Spingo in fondo alla mente il dolore di non essere inclusa nella categoria del "meglio". Sydney sa i danni fatti da quello che ho passato e vuole che i suoi fratelli minori abbiano solo sorrisi e raggi di sole.

Continua, in tono complice: «Wyatt e io abbiamo parlato di accoppiare Eli con la sorella di Wyatt, Brooke. Hanno la stessa età e Brooke vuole un uomo gentile con cui sistemarsi». Wyatt è suo marito e il loro sodalizio è completo, in tutto.

Ho conosciuto Brooke al matrimonio di Sydney. È carina e intelligente. La peggiore in assoluto.

«Non vive nel New Jersey?» le chiedo. «Le relazioni a distanza non funzionano mai.»

«È un architetto. Ci sono costruzioni e case anche qui.» Sorride. «Wyatt spera di riuscire ad avere qui tutte e tre le sue sorelle. C'è riuscito con Kayla, anche se penso che il merito sia di Adam. Peccato che sua sorella Paige sia troppo testarda per poterla accoppiare con uno dei miei fratelli. Assomiglia più a Wyatt. Che c'è che non va?»

Sbatto rapidamente le palpebre, sforzandomi di riprendere il controllo. «Niente. Sembra che tu e Wyatt abbiate l'intenzione di fondare una dinastia.» *E io resto indietro.* Non è che desideri una relazione seria. Non rischierei mai una sofferenza simile né per me né per un uomo e, certamente, non per dei poveri figli innocenti. Ho sempre saputo che sto meglio da sola, anche se adesso che ho ventinove anni, a volte sento questa... nostalgia. Non l'ho mai confessato a nessuno, ma penso che sarebbe bello avere un bambino. Fare la mamma single, in modo che una relazione non possa traumatizzare mio figlio.

Lei sorride felice. «Una dinastia? Ah! Non sarebbe fico? Io, ovviamente, sono la matriarca. Tu puoi essere il mio braccio destro e mi aiuteresti a mantenere l'ordine.»

Deglutisco il groppo emotivo che ho in gola. Sono ben conscia che le mie amiche stanno passando a una nuova fase della loro vita, però non avevo mai pensato che mi sarei sentita così sola in mezzo alla cosa che ho che assomiglia di più a una vera famiglia.

Guardo verso la porta da cui è appena uscito Eli. L'uomo che aveva una cotta per me mi ha finalmente chiesto di uscire con lui e io l'ho respinto. Non solo: gli ho anche ammaccato l'auto nuova di zecca. Non mi meraviglia che se ne sia andato. Deve odiarmi.

Le parole mi escono di bocca prima che riesca a fermarle. «Eli è una brava persona. Mi sento malissimo.»

«Perché?»

Non posso dirle che l'ho respinto. Solleverebbe troppe domande e poi Sydney saprebbe che desidero suo fratello. Posso superarlo, mi dico. È un bene che abbia stroncato la storia sul nascere, prima che le cose diventassero più complicate.

Espiro pesantemente. «Non lo so. Per via della sua auto e perché è così accomodante.»

«Che c'è di sbagliato nell'essere accomodante?»

Sento gli occhi che scottano. «Niente.» Scuoto la testa. «Devo andare.»

Afferro la borsa e mi dirigo verso la porta dopo un saluto veloce.

«Jenna.»

Alzo un braccio e agito le dita, senza riuscire a guardarla visto che ho la gola stretta e gli occhi che bruciano. È semplicemente troppo, essere lasciata indietro mentre le mie amiche cominciano una vita nuova. E, per folle che possa sembrare, mi sembra di aver rovinato tutto rifiutando Eli.

Ma che alternativa avevo?

Spalanco la porta, vado alla mia auto e faccio il breve viaggio per tornare al mio appartamento. Sono riuscita a sopravvivere al divorzio dei miei genitori solo grazie alle mie amiche. Ho lasciato che si avvicinassero loro e nessun altro. Troppo rischioso. Avevo undici anni quando finalmente il polverone tra i miei genitori si era posato, dopo un calvario durato due anni durante il quale mia sorella e io eravamo state tirate in mezzo alla guerra tra loro due. Avevano litigato perfino per il cane, il mio amatissimo incrocio di labrador, Charlie, prima di doverlo regalare perché non erano riusciti a decidere quale dei due poteva tenerlo. Il mio cane! Adoravo quel cane. In quel periodo era il mio unico conforto, mi leccava la faccia e si appoggiava a me con il suo corpo peloso e caldo, abbracciandomi alla sua maniera. Mi manca ancora.

Evie, mia sorella minore, e io eravamo finite davanti al giudice per decidere con chi avremmo voluto vivere. Io avevo scelto mia madre; Evie mio padre. Avevo cercato di persuaderla a restare con me, ma lei voleva solo papà. Da allora il nostro legame si era spezzato.

È questo il motivo per cui Sydney è così importante per me. Era diventata mia sorella quando la mia mi aveva abbandonato. A volte mi sembrava che tutta la mia famiglia mi avesse abbandonato.

E adesso anche le mie sorelle onorarie mi stanno abbando-
nando per le loro famiglie.

Mi asciugo gli occhi. Una parte di me non crede di meri-
tare l'amore. Il trauma che ho subito è troppo grosso. È un
fatto che ho accettato e non ho mai rimpianto di aver allonta-
nato un uomo. Fino a oggi.

4

Eli

Amici. Se è quello che vuole Jenna, possiamo essere amici che
ignorano l'attrazione che c'è tra di noi. Oh, sì, ho visto il desiderio nei suoi occhi ieri a pranzo, le guance arrossate, il calore
nella sua voce quando si era chinata sul tavolo. Capisco
quando qualcuno mi vuole. Quindi adesso saremo amici,
sapendo entrambi che c'è un'attrazione *reciproca.*

Cammino lungo Peaceable Lane, diretto al suo negozio
per una visita amichevole, come avevo promesso. Ha notato
che la stavo evitando e la cosa l'aveva infastidita. Non un
accenno al mio biglietto. Sembra il motivo ovvio e imbarazzante per cui qualcuno vorrebbe mantenere la sua dignità.
Non aveva significato niente per lei? Beh, a questo punto del
gioco non ho certo intenzione di tirarlo in ballo. Ho solo
intenzione di rimediare al torto, fare una visita veloce al suo
negozio e poi potremo andare avanti, come amici.

Rallento il passo, osservando il suo negozio. C'è un'in-
segna di legno dipinta di rosso sopra la porta d'ingresso con
la scritta a lettere decise bianche SUMMERDALE SWEETS, tende
da sole verde scuro sopra le vetrine e due panchine proprio
davanti all'ingresso per incoraggiare la gente a fermarsi.
Sembra invitante. Il negozio è al pianterreno di un edificio

bianco squadrato nel "centro" di Summerdale. Se si può chiamare centro l'ufficio postale, un piccolo supermercato, l'Horseman Inn, il negozio di Jenna, la biblioteca e due chiese ai lati
opposti di una lunga strada tortuosa. Le strade sono disposte
come raggi ondulati di una ruota che si irradia dal lago
Summerdale. I fondatori hippie avevano progettato le strade
intorno agli alberi esistenti e poi avevano dato loro dei nomi
intonati alla loro misticità: via pacifica, via del tramonto,
dell'armonia e della scuola. La strada intorno al lago è la
strada del lungolago. Proprio al margine della città c'è la
Route 15 che porta al grande mondo cattivo.

Apro la porta del Summerdale Sweets e suona il campanello. È mercoledì pomeriggio e Jenna è occupata con un paio
di ragazze adolescenti, quindi all'inizio non mi nota sopra il
loro chiacchiericcio, mentre cercano di decidere quale tipo di
brownie dividersi. Jenna indossa un grembiule verde scuro
sopra jeans neri aderenti e una maglia a dolcevita nera, che
contrasta piacevolmente con i suoi capelli biondi e la pelle
chiara. *Bella*. Sento una fitta di desiderio che conosco fin
troppo bene.

Jenna mi nota e spalanca gli occhi verdi. «Eli, che
sorpresa.»

«Ho pensato che avrei dovuto vedere com'è il tuo
negozio.»

Lei annuisce e si rivolge alle ragazze. «I brownie al caramello salato sono quelli che vendiamo di più. Non potete
sbagliare.»

Le ragazze, una brunetta e una rossa, si scambiano un'occhiata comunicando in silenzio prima di tornare a guardare
Jenna dicendo all'unisono: «Prendiamo quello». Adesso le
riconosco: Anna e Christina. Le loro famiglie vivono qui da
circa tre anni, da quando la nostra scuola superiore regionale
è stata dichiarata la migliore dello stato. Io faccio parte del
servizio di sicurezza durante le partite di football delle superiori, che attirano sempre una folla entusiasta, e visito anche
regolarmente la scuola per parlare dei rischi del guidare
ubriachi, sull'importanza di evitare le droghe e anche per far

loro sapere a chi possono rivolgersi per farsi aiutare, me incluso.

Le ragazze uniscono le loro risorse finanziarie, pagano ed escono.

«Salve, agente Robinson» dice Anna, la brunetta.

«Salve» dice Christina, studiandomi dalla maglietta verde ai jeans e alle sneakers. «Sembra... Uhm... Diverso senza la sua uniforme.» Lancia ad Anna un'occhiata che non riesco a interpretare.

«Già» dico, senza sapere se mi hanno insultato o no. Specialmente quando ridacchiano mentre escono dal negozio.

«Siediti da qualche parte. Ti porto il tuo assegno e il documento che ho preparato per pagarti la franchigia. Hai avuto notizie dall'assicurazione su quanto pagheranno?»

«Non ancora.»

Guardo i tre tavolini rotondi sul davanti del negozio e mi dirigo verso quello in centro. Le sedie sono piuttosto piccole, di metallo bianco con cuscini rotondi rosa. Non credo che Jenna pensasse a clienti uomini scegliendo queste sedie.

Appena si siede davanti a me passa subito al sodo, consegnandomi un assegno di cento dollari. Poi un documento in cui dice che pagherà cento dollari al mese fino a coprire i mille dollari di franchigia. Ha aggiunto il cinque per cento di interessi, un tasso alto e dico che non ce n'era bisogno. Non deve fare molti soldi con questo posto, se può permettersi solo cento dollari al mese. Se la sua pasticceria sta fallendo, probabilmente se ne andrà dalla città per trovare un nuovo lavoro, e la cosa non mi piace, nemmeno un po'. È qui solo da un anno. *Perché l'ho evitata così a lungo?* Ripensandoci, sembra stupido. Lei ha superato il mio passo falso adolescenziale, quindi posso farlo anch'io.

Mi passa una penna. «Puoi fare dei cambiamenti se vuoi. Pensavo al tasso di interesse.»

«Non dovevi aggiungere gli interessi. Siamo amici da tanto. Diciamo che andiamo alla pari con gli anni che ho passato a spaventarti a morte saltando fuori da dietro le porte o dagli angoli.»

Lei scuote la testa, sorridendo. «Non mi hai mai spaventato. Ti tenevo d'occhio e non abbassavo mai la guardia.»

«Mi sembra di ricordare qualche urletto.»

Le fa un gesto indifferente. «Per finta, solo per farti credere di avere vinto. Passavi un sacco di tempo ad aspettare in silenzio prima di avventarti.»

Inarco un sopracciglio. «Mi stavi assecondando?»

Lei mi dà una pacca sulla testa. «Povero piccolo Eli, la verità viene a galla. Non sei mai stato il terrore che credevi di essere.»

Mi irrigidisco ma riesco a piantarmi un sorriso sul volto. Il "piccolo Eli" non mi disturba quanto la pacca sulla testa.

Ecco il mio cuore, Jenna. Per favore accetta questi fiori che nascondono un biglietto d'amore.

Grazie, piccolo Eli, e giù una pacca sulla testa.

Non mi ha mai preso sul serio, né allora né adesso. Il mio non era solo desiderio, la adoravo.

È decisamente ora che volti pagina. Mi schiarisco la voce e prendo la penna, firmo il documento e glielo restituisco.

«Perché sei così gentile con me?»

Assumo la mia espressione neutra da poliziotto. «Io sono gentile con tutti.»

«Ma prima sembravi così arrabbiato.»

«Mi è passata. È stato un incidente. Ora lo stiamo sistemando e non è più il caso di pensarci.»

Lei mi osserva per un momento prima di prendere la penna e firmare il documento.

Intasco il suo assegno. Una parte di me vorrebbe uscire dal negozio con il mio orgoglio maschile intatto, un'altra non vuole altro che bearmi della sua presenza. *Decisioni, decisioni...*

«Sei diventato un bravo ragazzo» dice Jenna.

Posso restare ancora un po'. «Si deve dare il buon esempio quando si porta un distintivo.»

«Non è solo per quello.» Jenna sorride e si china sopra il tavolo. «Eri talmente cattivello.»

Le rivolgo il mio sorriso più sexy e abbasso la voce a un

tono sensuale. «Posso tornare a essere un cattivello quando serve.»

Jenna arrossisce e si raddrizza, massaggiandosi il lato del collo. «Scommetto di sì.» Mi guarda negli occhi sorridendo. «Sei un dongiovanni.»

«Colpevole.»

Curva le labbra in un sorriso mentre piega il foglio firmato infilandolo nella tasca del suo grembiule.

Riditemi perché siamo solo amici? Ha detto che non era niente di personale. Qualcosa riguardo al potenziale imbarazzo quando le cose non avrebbero funzionato. Significa che non esce mai con qualcuno in città nel caso debba rivederli in giro? Non è che ci siano molti single da queste parti. Come fa?

Mi guardo intorno. Non è il momento né il posto per farle pressioni. *Gentile e amichevole, lasciamo che si senta a suo agio con te.* «Come va la tua pasticceria?»

Lei sorride radiosa con gli occhi verdi che si illuminano. «Sta andando bene. Ho dei clienti regolari.» Smette di sorridere. «Ah, capisco. Ti stai chiedendo perché ti ho pagato solo così poco, vero?»

«No. Immagino che paghi quello che puoi. Non preoccuparti.»

Lei indica il retro del negozio. «L'anno scorso, ho investito tutto ciò che avevo nella ristrutturazione e nelle attrezzature. Rainbow non aveva fatto nessun lavoro dagli anni Sessanta. Ho dovuto investire parecchio. Ho anche ristrutturato la cucina e il bagno nel mio appartamento di sopra. Ho impegnato tutti i miei risparmi, oltre a dover chiedere un prestito. Ora ho un mutuo e sono indebitata per la prima volta in vita mia, ma non mi lamento. È il mio sogno che è diventato realtà. Solo che non ho margini per gli imprevisti, come un incidente d'auto.»

Mi strofino la mano sulla guancia liscia, pensando se sia il caso di rinunciare completamente a farmi pagare. Eccolo di nuovo, il mio punto debole. «Capisco.»

«Permettimi di offrirti qualcosa. Non hai mai assaggiato i

miei dolci.» Indica le vetrinette con i cupcake, i brownie, le barrette multistrato e i biscotti.

«Niente zucchero per me.»

Lei mi guarda sospettosa. «Mai? Nemmeno al tuo compleanno o a Natale? Questa è un'occasione speciale: Eli Robinson ha visitato il mio negozio. In effetti, penso che metterò una targa in modo che i visitatori lo sappiano. Ehi, scommetto che raddoppierò le vendite!»

«Furbacchiona! Non mi dispiacerebbe una bottiglietta d'acqua.»

Lei sbuffa e va verso il bancone. La seguo, con gli occhi puntati sulla curva del suo bel sedere.

Lei volta la testa e mi coglie a guardarla. Rialzo di colpo la testa. *Beccato.*

Mi parla con la voce un po' sospirosa. «Perché non vieni qui dietro con me e ci dividiamo un piattino di qualcosa? Dovrei veramente stare dietro al bancone, nel caso entrasse qualcuno.»

Niente potrebbe tenermi lontano.

Lei affetta un brownie al caramello salato e ne mette una metà su un piattino bianco per me, indicando uno sgabello accanto al bancone.

«Puoi prendere tu lo sgabello. A me non dispiace restare in piedi» le dico.

Prende una bottiglietta d'acqua e un tovagliolo per me, porgendomeli prima di sedersi. «Mangia.»

Do un morso al ricco dolce e spalanco gli occhi. «È il miglior brownie che abbia mai mangiato.»

Lei si pavoneggia, gettando indietro i capelli. «È quello che vendo di più.» Mangia un boccone del suo brownie. «Ora fai ufficialmente parte della Squadra Jenna.»

Il suono del campanello mi risparmia di dover ammettere di aver sempre fato parte della Squadra Jenna.

Entra Joan Ellis, la nonna che ha cresciuto Harper, una delle migliori amiche di Sydney. Harper la chiamava il Generale Joan alle sue spalle, perché abbaiava ordini in stile militare. La conosco perché era un'insegnante di terza elementare alla mia scuola. Non l'ho mai avuta come insegnante, ma i miei amici che l'avevano si lamentavano continuamente per la quantità di compiti che assegnava. Deve aver superato gli ottanta oramai. Ha i capelli bianchi e corti; gli occhi castani sono vivaci. Si veste come se andasse ancora a lavorare tutti i giorni. Oggi ha un foulard bianco legato intorno al collo, una blusa color pesca e pantaloni neri. Le scarpe nere hanno la suola spessa, unica concessione all'anca malandata.

«Salve, signora Ellis» dice Jenna, di colpo diritta e rigida. *È arrivato il Generale!* «Posso aiutarla?»

«Bah. Ho ottantotto anni e sono sana come un pesce. Pensi che ci sia arrivata mangiando dolci? Lo zucchero è il demonio.»

Io ridacchio. «Visto? Non sono l'unico che evita lo zucchero.»

La signora Ellis rivolge lo sguardo su di me. «Eli Robinson, sembri in forma. Quindi, se non sei qui per lo zucchero, perché sei qui?»

Arrossisco sentendomi in colpa, come se la mia libidine si vedesse. È snervante come sembri sempre che veda oltre le apparenze. Ora capisco perché Sydney diceva sempre che erano tutte terrorizzate da lei. «Ho pensato di venire a dare un'occhiata al posto di cui tutti parlano un gran bene.»

Lei mi dà un'occhiata astuta prima di rivolgersi a Jenna. «Sarebbe perfetto per te, Jenna. Un vero uomo, solido e stabile. Non sono facili da trovare al giorno d'oggi. Quindi se lo trovi, assicurati di non fartelo scappare. Ti ha già chiesto di uscire con lui?»

Resto a bocca aperta, poi la richiudo di scatto.

Jenna diventa rosso fuoco, mi indica, con la bocca aperta, ma non ne esce nessuna parola. Poi si mette le mani sui fianchi, guarda il soffitto ed espira. «Signora Ellis, sono sicura che non sia quello il motivo per cui è venuta oggi.»

La signora Ellis mi dà un'occhiata significativa. «Sembra che sia ora che tu faccia qualcosa. È chiaramente sopraffatta dall'idea. Buon segno.»

Sorrido. «Me ne sto occupando, signora Ellis.»

Lei si strofina le mani. «Eccellente, Jenna è una bella persona.»

Jenna mi fissa con gli occhi sgranati. Le faccio l'occhiolino alle spalle della signora Ellis, immaginando che si sentirà sollevata, invece studia la mia espressione. *Vuole che le chieda di nuovo di uscire con me?*

La signora Ellis viene al sodo. «Sono qui per il Fall Harvest Festival, la fiera del raccolto d'autunno. Non sono soddisfatta di com'è finita la riunione ieri sera.» La fiera ha luogo l'ultimo sabato di settembre su un grande terreno lasciato appositamente libero accanto alla chiesa presbiteriana.

La signora Ellis fa una pausa.

E continua a restare in silenzio.

Finalmente Jenna abbocca e dice: «Perché non è rimasta soddisfatta?».

«Perché non abbiamo ancora niente di soddisfacente per i bambini. Parlano solo della tenda per la birra e degli stand.»

Cominciano a parlare nei particolari della fiera. Jenna è gentile e rispettosa, anche quando la signora Ellis dichiara che ha la soluzione per riunire la gente: la quadriglia.

Jenna mi lancia un'occhiata inorridita. Io faccio una smorfia.

La signora Ellis continua allegramente. «Ai ragazzi piaceva sempre la quadriglia durante l'ora di ginnastica. Tornavano in classe sudati e rossi in volto. Un bel divertimento sano.»

«È più facile che fossero imbarazzati» dice Jenna sottovoce.

La quadriglia obbligatoria maschio-femmina durante l'ora di ginnastica era decisamente imbarazzante a quell'età. Ai ragazzi non piaceva prendere a braccetto *una ragazza*. E le ragazze pensavano che i maschi avessero i pidocchi. Lo urlavano sempre.

«Che c'è? Parlate!»

«Non credo che la quadriglia sia la soluzione» dice tranquillamente Jenna.

La signora Ellis inarca un sopracciglio e guarda me. «Sei d'accordo?»

«Sì. Non è quello che piace ai ragazzi al giorno d'oggi.»

«Beh, dobbiamo fare qualcosa!» esclama la signora Ellis. «Giuro, i ragazzi non sanno più come divertirsi. È tutto un premere tasti e fissare uno schermo.»

Jenna sembra pensierosa. «Sono sicura che troveremo qualcosa, anche se mancano solo poco più di due settimane. Non possiamo pretendere troppo.»

«Una maratona di danza» dice la signora Ellis, con un tono pragmatico. «Ecco. La faremo nel grande fienile rosso dalle cinque del pomeriggio fino a mezzanotte, in modo che i ballerini non si stanchino troppo. Ragazzi, adulti, tutti insieme.» Il grande fienile rosso è da sempre la sede della nostra società teatrale, la Standing O.

«Mmm» dice Jenna.

La signora Ellis continua entusiasta. «Chiederemo ai ballerini di trovare degli sponsor e useremo i soldi per finanziare la fiera del prossimo anno, per renderla ancora più grande. La gente potrà andare nel fienile a guardare.»

«Dovremo chiedere alla Standing O se va bene» dice Jenna. «E la musica? Dovremo assumere un DJ oppure ingaggiare una band.»

«Lascerò a voi questa parte. Io sono solo quella che ha le idee. Voi giovani avete l'energia per metterle in pratica. Bella chiacchierata.» Indica la vetrina. «Prenderò uno di quei biscotti con le gocce di cioccolato, da portar via. Sapete, solo nel caso in cui Harper venga presto a trovarmi.»

Jenna le rivolge un sorriso complice. «Gliene serviranno di più. Adesso ha un marito e una bambina.»

La signora Ellis sospira melodrammaticamente. «Meglio incartarmene una dozzina. Mio genero, Garrett, è grande e grosso.» Il suo volto si addolcisce. «Caroline ha due mesi adesso e ha cominciato a sorridere.» Apre il borsellino e ne toglie una piccola foto della bambina.

«È bella» dice Jenna, con un tocco di desiderio. I suoi occhi si addolciscono. *Interessante.*

La signora Ellis mostra anche a me la fotografia. Caroline è una bambina grassottella con un fiocco rosa sul ciuffetto di capelli castano chiaro.

«Sembra una bambina felice» dico, senza sapere veramente che cosa dire.

La signora Ellis stringe al petto la fotografia, sorridendo a lungo. «Non ero sicura di arrivare a essere una bisnonna. Harper ci ha messo parecchio a trovare un vero uomo.»

Sorrido. È così che ha chiamato anche me: un vero uomo. Un grande complimento da parte del Generale.

Jenna le consegna una scatola con i biscotti. «Lei vivrà per sempre, signora Ellis. Si goda i biscotti. Dica ad Harper di passare a trovarmi la prossima volta che sarà in città.»

La signora Ellis prende un biglietto da venti dal portafogli e glielo porge. «La chiamerò quando arrivo a casa e le farò sapere che i biscotti l'aspettano.»

Prende il resto e va verso l'uscita, zoppicando un po' per via dell'anca malandata.

Quando è uscita, Jenna mi dice: «Ordinerà ad Harper di venire da Brooklyn per non fare diventare stantii i biscotti. So come funziona con lei». Si siede di nuovo e dà un morso al suo brownie, guardandomi da sotto le ciglia.

Ci sono cascato un'altra volta. Non c'è un'altra donna che si possa paragonare a lei.

Finisco il brownie in due bocconi e metto il piatto accanto al lavandino. «Fantastico.»

«Ho capito che ti piaceva perché l'hai divorato. Posso tentarti ancora?»

Mi avvicino, abbassando lo sguardo sulle sue labbra invitanti. «Mi lascio tentare facilmente.»

«Eli» mormora.

Annullo la distanza tra di noi e le metto una ciocca di capelli dietro l'orecchio. Gli occhi verdi sono spalancati, fissano i miei; apre le labbra.

Mi chino e le sfioro la guancia con un bacio prima di dirle piano all'orecchio: «Ci vedremo di nuovo, molto presto».

Mi raddrizzo e la guardo negli occhi. Lei si porta la mano

alla guancia che ho appena baciato e alza il volto sbattendo gli occhi.

Piego di lato la testa. «Va tutto bene, bella?»

Lei riprende il controllo, si alza e riordina dietro il bancone. «Sì, certo. Devo tornare al lavoro. Molto occupata. Tanto da fare.»

«Arrivederci, Jenna.»

Lei si ferma, mi studia per un momento prima di dire dolcemente: «Non sparire».

Sorrido, mi volto ed esco. *Amici. Ah-ah.*

5

Jenna

Giovedì sono con le mie ragazze per la serata delle donne all'-
Horseman Inn. Sydney è dovuta andare a controllare qualcosa in cucina, ma tornerà. Chiamiamo il nostro Club del Vino
del Giovedì quella che ufficialmente è la serata delle donne. È
cominciato come Club del Libro, un'idea di Audrey, il nostro
topo di biblioteca. Comunque, passavamo più tempo a bere
vino e a chiacchierare che a parlare del libro, quindi Sydney
l'aveva rinominato il Club del Vino del Giovedì. All'inizio
Audrey si era seccata, ma adesso ha un vero Club del Libro in
biblioteca, per quelli che prendono molto più sul serio discutere di letteratura.

Sto facendo durare il mio Dry Martini e Audrey sorseggia
il suo Pinot grigio preferito. Giuro che cerca di assomigliare a
una bibliotecaria. Cioè, lo è, ma questo non significa che
debba vestirsi in tono, no? Indossa una blusa azzurra con il
colletto alla Peter Pan, un cardigan blu scuro, pantaloni grigi
e mocassini. Almeno i lunghi capelli neri sono sciolti invece
che raccolti in uno chignon tenuto fermo con le matite. Sì, a
volte raccoglie i capelli in quel modo quando è al lavoro e poi
se ne dimentica e passa tutta la serata in quel modo.

Non mi sfugge il fatto che siamo entrambe sedute nel

ristorante che appartiene da tempo immemorabile alla famiglia Robinson e che cerchiamo di non notare i due fratelli Robinson che conosciamo da una vita. Eli e Drew sono seduti a un tavolo d'angolo dall'altra parte del bar e guardano la partita degli Yankees in TV. In qualche modo le cose sono cambiate. Una nuova prospettiva nel mio caso? Un calcolo sbagliato nel caso di Audrey? Sydney e io crediamo che, più o meno a Natale dello scorso anno, Audrey abbia trovato il coraggio di parlare a Drew, il fratello maggiore di Sydney, dei sentimenti che prova per lui e che la cosa non sia andata come sperava. Da allora si comporta freddamente con lui. Nonostante siamo legate come sorelle, Audrey si rifiuta di discuterne.

Drew è un tipo duro, solitario che Audrey ama da quando aveva sei anni. Cotta infantile al primo sguardo. Lui aveva undici anni. Sinceramente non ho mai pensato che una cotta potesse durare tanto. Secondo me è diventato un problema che le impedisce di andare avanti. Ha la mia età, ventinove anni, e dice che è pronta per il matrimonio e i figli. Per un po', ha fatto un coraggioso tentativo di usare l'app eLove-Match per trovare quello giusto. Un mucchio di primi appuntamenti con uomini che non ha mai più rivisto. Per quanto ne so, non ha mai avuto un solo appuntamento con Drew.

Sono occupata a *non* guardare Eli, nella sua camicia bianca e i jeans. Sexy in modo informale. Abbiamo avuto un momento, ieri, nel mio negozio. *Un momento da batticuore... Sta per baciarmi*, che non sarei riuscita a fermare anche se avessi voluto. L'attrazione era troppo forte per resistere. Mi ha baciato la guancia, un tenero gesto di affetto che mi ha fatto sentire calda e formicolante, lasciandomi a desiderare di più.

Audrey mi dà una gomitata. «Perché continui a guardare Eli?»

Distolgo lo sguardo. «Non lo sto guardando.»

«Sì, invece. È successo qualcosa tra voi due?»

Sorseggio il mio Martini, fingendo indifferenza. «Ci siamo incontrati un paio di volte, per parlare del tamponamento. È stato...» *Meraviglioso, tenero. Sexy...* «... molto gentile al riguardo.»

Audrey spalanca gli occhi azzurri. «Eli è stato gentile? Lo stesso che ci terrorizzava quando passavamo la notte da Audrey?»

Sorrido mio malgrado. «Era un terrore, vero? Ora guardalo, un cittadino modello.» Incrocio il suo sguardo e lui mi rivolge un sorriso lento e sexy. Sento un'ondata di calore, il corpo che vibra.

Audrey si appoggia alla mia spalla. «Ehi, Eli stava flirtando? Adesso *è* un agente di polizia e Sydney dice che si prende cura del suo nuovo incrocio di pitbull, Lucy. Si sono trovati qualche volta per far giocare i cani.» Si raddrizza, pensierosa. «Okay, mi sta bene. Un uomo con la vita in ordine, che ama il suo cane, significa che è uno di quelli buoni. Sydney sa che ti piace suo fratello?»

«Non dirle una parola» sussurro ferocemente. «Mi ha detto di stargli alla larga.»

«Perché?» chiede Audrey stupita.

«Perché vuole qualcosa di meglio per lui.» Stringo le labbra per impedire che tremino. La verità fa male.

«Sono sicura che non sia così.»

«È così. Lascia perdere!»

«Okay, okay, mi dispiace.» Audrey mi rivolge un sorriso compassionevole. «Per quello che vale, penso che sarebbe perfetto per te e...»

«Shh.»

Audrey abbassa la voce. «Se c'è qualcuno che può gestire un mascalzone riformato, sei proprio tu.»

Mi metto i capelli dietro le orecchie. «Grazie, credo... Non è mai stato veramente così male.»

«Jenna, rubava le auto. Direi che sia un male.»

«Ma le restituiva. Era più come se le prendesse in prestito dalla gente della comunità. Tipo quel programma che hanno a New York, dove prendi un'auto e poi la lasci in un certo punto per un'altra persona.»

«Uh-uh. E non dimentichiamo che ci rubava gli snack, ci

rovesciava i popcorn in testa e ci spaventava a morte, sbucando fuori dagli angoli e dagli armadi. Giuro che ho dormito per dieci anni con un occhio aperto, quando stavamo da Sydney.»

Scuoto la testa. «Avevi seriamente paura di un ragazzo più giovane di noi di due anni?»

Lei stringe gli occhi. «Era capace di cattiverie.»

Do un'occhiata a Eli, che sembra così composto mentre guarda la partita. «Sì, okay. Invece ti sei presa una cotta fenomenale per quello tranquillo che è diventato un raffinato assassino.»

«Non è un assassino!» esclama Audrey e poi diventa rosso fuoco, rendendosi conto di aver rivelato il fatto di essere ancora innamorata di Drew. L'ha negato ferocemente, ma non può imbrogliarmi.

«Sì, certo.»

Audrey è ancora infervorata, sta difendendo il suo amore. «Era un Ranger dell'esercito e si è congedato con onore. Drew non spaventerebbe intenzionalmente qualcuno e non farebbe quello che faceva Eli.»

«Finisci il vino. Ne avrai bisogno.» Sono stufa di vederla struggersi per un uomo completamente sprovveduto. Deve mettersi con lui o scordarselo. «Ehi Drew! Hai un minuto?»

Audrey mi afferra il braccio in una morsa mortale. «Che cosa stai facendo?»

«Voglio solo parlare con lui.»

«No. Fai la brava.»

Drew si alza dalla sedia, con gli occhi incollati su Audrey.

«Troppo tardi» sussurro. «Hai paura di parlare con la tua sempiterna cotta?»

Drew viene verso di noi, col suo passo silenzioso ma letale. I capelli castani sono tagliati di fresco, corti ai lati, un po' più lunghi in cima, le guance hanno il solito velo di barba. I suoi occhi scuri si fissano su Audrey per un lungo momento, ma lei si rifiuta di guardarlo in faccia, continua a fissare il suo torace. «Che c'è?»

Do una gomitata ad Audrey.

Lei mi lancia un'occhiataccia, finisce il vino e lo guarda negli occhi, con le guance rosa carico. «Non molto» cinguetta. «Mi stavo solo chiedendo se avresti partecipato a quella cosa di sabato, con la tua dimostrazione. Non il prossimo sabato, fra tre sabati. Se non sei troppo occupato.»

«Se per "quella cosa di sabato" intendi la fiera, con la dimostrazione di karate, allora sì.»

Audrey lo congeda con un gesto. «È tutto quello che volevamo sapere. Grazie e buona serata.»

Lui si avvicina ad Audrey, abbassando la voce. «Ho l'impressione che ultimamente tu mi stia evitando.»

«No, assolutamente no» risponde Audrey parlando al suo petto.

Drew guarda me, e io guardo fisso davanti a me come se non stessi ascoltando. Sto solo bevendo il mio Martini e ascoltando gli incantevoli suoni della serata delle donne. C'è un gruppo che sta sferruzzando sulla mia sinistra, parlano e ridono. Quasi vorrei poter chiedere loro di abbassare il volume per aiutarmi a origliare.

La voce di Drew è burbera. «È dalla vigilia di Capodanno. Sono passati nove mesi. Tempo sufficiente per farti passare quello che dovevi farti passare.»

Non riesco a resistere, sbircio.

Audrey diventa rosso fuoco per la rabbia, gli occhi lampeggiano. «Non ho niente da farmi passare. Assolutamente niente e non ci sarà mai niente.» Si volta e fa un cenno alla barista, Betsy, indicandole che vuole un altro bicchiere di vino.

Drew resta lì per un momento, fissandola, ma lei si rifiuta di guardarlo. «Giusto.» Lui si volta e torna camminando rigidamente al suo tavolo.

Aspetto finché Audrey ha il suo vino. «Che problema hai con lui? Dai, Aud, puoi dirmelo. Sai che sono sempre dalla tua parte.»

Lei fissa il bar con le sopracciglia aggrottate. «Lascia perdere. Seriamente.» Beve un lungo sorso di vino e si volta a guardarmi con un sorriso appiccicato sul volto che non m'imbroglia nemmeno per un attimo. «Non ho intenzione di uscire con nessuno finché non sarò sicura che sia quello giusto. Se significherà restare single fino alla fine dei miei giorni, allora così sia.»

«Quindi non ti interessa più? Hai veramente deciso di voltare pagina?»

Lei traccia un cerchio sulla superficie del tavolo, abbassando gli occhi. «Voglio quello giusto.»

«E se quello giusto non esistesse? Se ci fosse solo quello "quasi giusto" e avesse bisogno di essere educato un po'?»

Audrey fa una risatina. «Come un cucciolo.»

Sorrido. «Esattamente così.»

Stringe le labbra, con un'espressione cupa e determinata. «Preferirei che lo addestrasse un'altra donna e poi lo scaricasse, arrivando da me completamente pronto a essere quello giusto per me.»

Sospiro. «È il sogno di tutte, no?»

Sydney infila la testa tra di noi. «Salve, signore, di che cosa stiamo discutendo?»

Mi volto verso di lei. «Uomini ben educati.»

Lei sorride radiosa. «Oddio, io sono stata fortunata. Wyatt è cresciuto con tre sorelle. Non solo sa tutto sulla sindrome premestruale, ma abbassa sempre la tavoletta del WC.»

Scoppiamo tutte a ridere.

«Jenna e io stavamo parlando di un addestramento un po' più significativo di quello» dice Audrey. «Del tipo di uomo che irradia la sensazione di esser quello giusto. Come se si potesse capirlo immediatamente.»

Sydney scuote la testa. «A me non è successo così. Davvero, a meno che "Quellogiusto" sia il suo cognome, non credo che esista un uomo simile.»

Indico Audrey con il pollice. «È quello che ha intenzione di aspettare lei.»

Sydney apre la bocca e poi la richiude, probabilmente evitando di menzionare Drew. Vogliamo entrambe che Audrey volti pagina. È passato già troppo tempo. «Spero che lo trovi, Aud.» Sydney l'abbraccia per un momento. «Dovresti rimetterti in gioco.»

Audrey geme.

Mi impietosisco e le metto un braccio sulle spalle. «Che cosa c'è di meglio? Bere con le mie amiche in una bella serata autunnale. Mi piace questo periodo dell'anno.» Sydney si china oltre Audrey per guardarmi. «Okay, adesso mi stai spaventando. Che cos'è successo a Jenna la cinica?»

«Non posso semplicemente godermi l'autunno?»

Lei mi studia per un momento. «Sei stata con qualcuno, vero?» Si rivolge ad Audrey. «Ha quell'espressione "appena scopata" sul volto, giusto?»

Audrey mi guarda con un'espressione perplessa. Sa di chi si potrebbe trattare. Poi risponde a Sydney: «No. Non è l'espressione "scopata di fresco". Quella è la sua espressione: *mi piace il mio lavoro*».

Sydney e io scoppiamo a ridere. È sempre divertente sentire la compita bibliotecaria usare parole osé. Audrey in realtà non è così compita, lo sembra solo. Audrey sospira. «Dovete per forza ridere quando parlo in modo franco? Non sono una bacchettona.»

«*In modo franco*» ripetiamo Sydney e io prima di scoppiare nuovamente a ridere.

«Che cos'è tutto questo rumore?» chiede una voce maschile.

Il mio sguardo si incrocia con quello di Eli. I suoi occhi nocciola scintillano divertiti anche se mantiene un'espressione severa sul volto. Sento una fitta di eccitazione in tutto il corpo, mi formicola la pelle, perfino lo stomaco palpita. Non ho mai reagito così a nessuno, solo a Eli. «C'è qualche problema, agente?»

Lui si china in avanti. «Potrei doverti arrestare per disturbo della quiete pubblica.»

Gli porgo i polsi. «Se devi...»»

Mi tiene saldamente entrambi i polsi con una mano. Sento il battito che accelera, una scarica elettrica che mi risale le braccia. «Sono tentato.»

Mi manca il fiato quando immagino l'intimità di essere ammanettata da Eli. Come sarebbe sentire il peso del suo corpo, il calore della sua pelle? Che sapore avrebbe?

Eli passa lentamente un dito caldo all'interno del mio polso prima di lasciare la presa. Alza un angolo della bocca. *Sentiva il mio polso attraverso la pelle sottile?*

Inclina la testa rivolto a Sydney e Audrey. «Signore, riposo.»

Torna spavaldo dall'altra parte del bar e si siede con Drew.

Qualcuno schiocca le dita di fronte alla mia faccia. Mi volto verso Sydney, rendendomi conto in ritardo del mio passo falso. Ero così contenta di vederlo che avevo dimenticato di comportarmi con indifferenza. «Sì?»

«Ehi. Quello che cosa diavolo era?»

Il mio stomaco fa una lenta capriola. Guardo in avanti, sforzandomi di assumere un'espressione neutra mentre sorseggio il Martini. «Niente.»

«Quello non era *niente*» sbotta Sydney. «Ci stavi provando con Eli.»

«Non è vero.» Mi sento arrossire. «Stavamo solo scherzando.»

Audrey si intromette. «Io direi che era lui che ci stava provando con lei. Jenna non può farci niente se lui flirta con lei. Non vorrai che sia scortese con Eli, vero?»

Apprezzo il sostegno di Audrey, ma non sono sicura che abbia migliorato la situazione. Sydney sembra furiosa.

«È successo qualcosa?» chiede.

«No, niente. Siamo amici.»

Audrey ci guarda ansiosa. È lei quella che fa da mediatrice nel nostro piccolo gruppo.

Sydney mi fissa. «Allora che cosa ci fa lui qui durante la serata delle donne?»

Mi asciugo il palmo delle mani sudato sui jeans. È vero che di solito non lo vediamo il giovedì, a meno che si fermi per una brevissima visita durante il suo turno di polizia. «Non lo so. È il ristorante della sua famiglia. Non viene qua regolarmente?»

«Sì, il sabato, due volte al mese per suonare la chitarra» risponde Sydney seccata. «Fammi un favore, non incoraggiarlo. Non voglio che si faccia male.»

«Capito» riesco a dire nonostante la gola stretta. Mi addolora che Sydney mi veda come il cattivo della storia. Non sono una persona terribile. Butto giù il resto del Martini, con il cuore che mi fa male, divento insensibile.

Il mio sguardo torna a Eli. Lui ammicca. Sento il calore che mi sale alle guance e per la prima volta mi faccio una domanda che mi fa venire la nausea e mi eccita allo stesso tempo...

Che cosa succederebbe se mi buttassi e seguissi il mio cuore?

Ma poi quella possibilità svanisce quando lo sgabello di Sydney raschia il pavimento mentre si precipita ad alzarsi. «Devo fare un discorsetto a Eli.»

Eli

Mia sorella si avvicina con un'espressione di cupa determinazione negli occhi. Afferra una sedia da un tavolo vicino e si siede al nostro tavolino, mettendosi direttamente tra me e Drew, ma è su di me che si concentra. «Non farti coinvolgere da Jenna.»

Drew gira di colpo la testa verso di lei, sorpreso, e poi torna a guardare la partita. Non vuole mettersi in mezzo quando sua sorella diventa una mamma orso, con uno dei suoi gesti iperprotettivi. È così solo con me e Caleb perché siamo più giovani di lei. Le sue intenzioni sono buone, ed è l'unico motivo per lui la tollero.

«Syd, non sono affari tuoi» dico.

«Sono affari miei quando si tratta di te. Ti spezzerà il cuore e lo dico anche se è la mia migliore amica. Non la conosci come me. È un'amica meravigliosa, ma in quanto a relazioni, no, è terribile.»

Espiro lentamente, cercando di avere pazienza. Sydney ha fatto moltissimo per me quando ero un bambino, ma non lo sono più. «Ti sei occupata di me da quando è morta la mamma e lo apprezzo.»

Lei sorride e mi stringe il braccio. «Certo. È a questo che serve la famiglia.»

Indico Drew, il maggiore dei fratelli. «Proprio come Drew si è occupato di te quando eravamo ragazzi. Ma adesso siamo tutti adulti.»

«Lo so» dice. «Non significa che non mi debba occupare di te e Caleb.»

«Drew, ti sei mai intromesso nella vita amorosa di Sydney per il suo bene?»

Lui fa una smorfia. «No.»

Alzo una mano. «Visto?»

«È diverso» dice Sydney. «Drew non conosceva nessuno degli uomini con cui sono uscita abbastanza da mettermi in guardia. Ti sto dicendo che Jenna non fa per te.»

«Lo dici come se sapessi chi fa per me.»

«So che cosa meriti. Qualcuno senza una storia complicata alle spalle e che ti possa amare incondizionatamente. Qualcuno che abbia intenzione di sistemarsi e magari, in futuro, sposarsi e avere una famiglia. È quello che vuoi, no?»

Drew torna a interessarsi alla nostra conversazione, come se fosse curioso di conoscere la mia risposta.

«Sì, certo. Senza fretta, ma sì» ammetto.

Sydney si china verso di me. «Allora non può essere Jenna. Non ha mai voluto questo tipo di vita.» Si raddrizza. «In effetti, Wyatt e io pensavamo che saresti perfetto per...»

La interrompo. «Non ho bisogno di aiuto per trovare qualcuno. L'ho già trovata.»

La voce di Sydney assume il tono materno di quanto eravamo bambini. «Eli, sto cercando di evitarti un mucchio di dolore e crepacuore.»

Drew scuote lentamente la testa. «Syd, deve impararlo a sue spese.»

Lo guardo storto. «Quindi anche tu pensi che finirà male?»

Lui alza una spalla con indifferenza. «Non ho opinioni in proposito. Quello che so è che si impara solo per esperienza e che anche i consigli meglio intenzionati non serviranno a niente.»

Sydney si rivolge a me. «Anche se le chiedi di uscire non accetterà. Le ho già detto che non la perdonerò mai se ti farà del male.»

Do un'occhiata a Jenna, che distoglie in fretta gli occhi, curvando le spalle. Probabilmente sa che Sydney sta parlando di lei. La cosa ci sta sfuggendo di mano.

Do a Sydney la mia occhiata da poliziotto più severa. «Non metterti in mezzo.»

«Sono già coinvolta. È la mia migliore amica; tu sei il mio fratellino. Devo badare ai tuoi interessi. Chi altro può farlo?» Intende dire perché i nostri genitori sono morti.

Sbuffo e do un'occhiata esasperata a Drew. Lui inclina leggermente la testa, con un'espressione implorante sul volto. Non vuole che litighi con Sydney.

Bene, ma farò a modo mio. «Okay, Syd, penserò a quello che mi hai detto. Apprezzo che tu voglia proteggermi.»

Le vengono le lacrime agli occhi e mi stringe in un abbraccio feroce, praticamente soffocandomi. Si volta verso Drew per fare la stessa cosa, ma lui le spinge via la testa.

Appena non è più a portata di udito, Drew sussurra. «Hai intenzione di agire alle sue spalle, vero?»

Bevo un sorso di birra. «C'è qualche altro modo?»

Lui annuisce. «Ma...» dice alzando un dito, «... se questa storia con Jenna va avanti, devi dirlo a Syd. Non lasciarla all'oscuro per troppo tempo, altrimenti sarà un casino. Non voglio casini nella nostra famiglia.»

«D'accordo.»

6

Il giorno dopo, prima di cominciare il mio turno, mando a Jenna un messaggio con una semplice domanda che però mi dà l'impressione di camminare in punta di piedi in un campo minato. *Cena sabato sera?*

Lei risponde immediatamente, probabilmente è già tornata a casa dopo il lavoro.

Jenna: *Non sono disponibile.*

Io: *Significa che ti stai vedendo con qualcuno?*

Jenna: *No.*

Io: *Il problema è Syd?*

Jenna: *Ha ragione, sai. Io non sono quella che stai cercando.*

Stringo i denti e scrivo in fretta: *Come fai a saperlo se non passiamo un po' di tempo insieme?*

C'è una lunga pausa. Quando sto cominciando a pensare che non risponderà, appare un altro messaggio.

Jenna: *Comunque sarò occupatissima a lavorare durante questo fine settimana festivo. Qui il fine settimana del Labor Day è da incubo.*

È vero, e lavorerò un sacco anch'io. Non solo staranno tutti festeggiando l'ultimo lungo fine settimana d'estate, ma un mucchio di gente di fuori città prende in affitto le case intorno al lago e festeggia. Comunque non ho intenzione di rinunciare così in fretta. Devo solo fare un passo indietro, darle un'alternativa che le sembri sicura.

Rispondo: *Il sabato successivo. Vieni all'Horseman Inn ad ascoltarmi suonare la chitarra. Un'uscita da amici, senza testimoni. Quella sera Syd e Wyatt saranno a una raccolta fondi a New York.*

Aspetto quando appaiono i puntini. Sta per rispondere e mi rendo conto che sto trattenendo il fiato. I puntini spariscono.

Lascio uscire il fiato. Maledizione. Mi ficco in tasca il telefono e mi preparo per andare al lavoro.

Sabato sera sono di nuovo all'Horseman Inn a suonare la chitarra acustica. Non vedo Jenna da una settimana, ma non è mai lontana dai miei pensieri. Non riesco a non pensare che se le piacessi veramente non permetterebbe a Sydney di frenarla. Anche se capisco che non voglia perdere l'amicizia di Sydney. Da quel punto di vista io non ho niente da perdere. Sydney starà al mio fianco per quanti casini io possa combinare. Era il mio difensore più accanito durante i miei anni da adolescente ribelle e mi ha aiutato ad appianare le cose, impedendo che mi accusassero di crimini più gravi.

Ma Sydney non c'è stasera. E nemmeno Jenna.

Cambio lo spartito per passare a una nuova canzone, una ballata di Bob Dylan, e comincio a suonare. Alla gente del posto piace una musica dolce di sottofondo e a me rilassa. È anche il mio modo per contribuire all'azienda di famiglia. L'Horseman Inn è della mia famiglia da quattro generazioni. Quando ero un ragazzino sono praticamente cresciuto qui, quando il proprietario era mio padre. C'è un bel po' di gente stasera al bar e Betsy lo sta gestendo da professionista.

Finita la canzone mi guardo attorno. Alcuni clienti applaudono educatamente. Io ringrazio con un cenno della testa e un sorriso. E poi *lei* entra, dirigendosi direttamente verso di me, con un abito rosso e una giacca nera sulle spalle. Stivali neri di pelle con i tacchi alti. Il mio cuore accelera di colpo. Lei mi sorride e si siede a un tavolo d'angolo in diagonale rispetto a me.

Appoggio la chitarra nella sua custodia e vado da lei. «Ehi, ce l'hai fatta a venire.»

Lei mi fa segno di andarmene. «Voglio sentirti suonare.»

«Non mi hai mai sentito? Sono sicuro che sei stata qui qualche sabato sera.»

Sul suo bel volto appare un lento sorriso. «Ero sempre distratta dalle mie amiche. Stasera ho intenzione di ascoltarti veramente.»

Mi chino verso di lei, respirando il suo profumo floreale. «Qualche richiesta?»

Lei alza gli occhi verdi, dolci, quasi vulnerabili. «Quello che suoni di solito.»

Metto la mano sopra la sua e la stringo. «Sono contento che tu sia qui.»

Le sue guance si tingono di rosa. «Non è niente.» Si guarda intorno. «Non dargli più importanza di quello che ha.»

Torno alla mia sedia e suono qualche altra canzone del mio repertorio. Di solito suono dalle sette alle dieci. Adesso sono le otto. Resterà per tutto il tempo?

Suono una ballata, guardando ogni tanto verso di lei per vedere che cosa pensa. Ha un'espressione dolce sul volto e ondeggia a tempo di musica.

Le piaccio.

Jenna

Ero ridicolmente nervosa all'idea di farmi vedere qui stasera. Ci ho pensato e ripensato un mucchio di volte e adesso che sono qui sono contenta di aver deciso per il sì. Sono solo una tra i tanti nella sala posteriore e Syd stasera è in città. È perfettamente accettabile ascoltarlo suonare. Che c'è di più sexy di un maschio alfa in contatto con il suo lato sensibile? Eli suona la chitarra come se stesse estraendone le note più dolci e intime, una musica che mi arriva all'anima. Niente parole, solo note una dopo l'altra, che arrivano a un crescendo e poi svaniscono lentamente.

Sono ammaliata, avvolta in un bozzolo morbido che contiene solo la musica, me ed Eli.

«Jenna, che cosa ci fai qui tutta sola?» mi chiede Audrey, sorprendendomi. Non le avevo chiesto se sarebbe venuta.

«*Tu* che cosa ci fai qui?»

Lei indica la sala da pranzo dietro di me. «Ho appena finito di cenare con i miei genitori.» Saluto i signori Fox agitando una mano.

Lei mi rivolge un sorriso malizioso chinando la testa verso Eli. «Alloooora?»

«Ero curiosa. Sai, riguardo a tutto quello che dicono dell'intrattenimento del sabato sera.»

Lei si siede al mio tavolo e sussurra: «Ti piace davvero».

«Shh.» Do un'occhiata a Eli, che però ha la testa china sopra la chitarra. Nessun segno che abbia sentito.

«Niente di importante» dico. «Volevo solo sentirlo suonare.»

«Sì, certo.»

Gli diamo entrambe un'occhiata e lui mi rivolge un lento sorriso sexy. Arrossisco e il mio stomaco palpita. Eccole, le farfalle che prendono il volo. Pensavo che fosse un'invenzione.

Audrey si china verso di me sussurrando: «Direi che è una cosa reciproca. Hai veramente intenzione di dargli una possibilità?».

Guardo le dita di Eli che accarezzano la chitarra e desidero disperatamente quelle dita su di me. Tutto lui su di me. Non riesco a credere all'intensità del mio desiderio. E non sono nemmeno sicura che sia solo normale desiderio sessuale. Eli mi piace davvero. «Non lo so.»

«Non lo sai? Beh, è un enorme passo avanti. È la prima volta in cui ti sento dire che stai anche solo *prendendo in considerazione* l'idea che ci sia un futuro con un uomo.» Mi prende la mano. «Tesoro, meriti l'amore. Non puoi permettere al fallimento dei tuoi genitori di rovinare il tuo futuro.»

Il promemoria mi provoca una scarica di adrenalina. Sto facendo un gioco pericoloso. «Dovrei andare.»

Audrey sospira. «Non devi andartene. Smetterò di tormentarti. Divertitevi insieme.» Torna dai suoi genitori ed escono.

Sospiro. Che cosa ci faccio qui di sabato sera ad ascoltare Eli che suona la chitarra, come una groupie? Non avrei dovuto venire. Mi si ritorcerà contro.

La musica si ferma. Alzo di colpo la testa e il mio cuore accelera quando i suoi occhi mi divorano.

«Questa è per te» mormora Eli.

Mi si blocca il respiro.

Eli comincia a suonare e riconosco la canzone. È *I don't want to miss a thing* degli Aerosmith. Non sta cantando, ma sento le parole nella testa. Parla di fare tesoro di ogni momento. Mi manca di nuovo il fiato. Non me ne posso andare adesso.

Sono a malapena conscia della folla che ci circonda. Mi sento calda, come se stessi fluttuando con la musica.

E quando la canzone finisce, applaudo, con gli occhi pieni di lacrime e la gola quasi chiusa per l'emozione.

Eli mi rivolge un sorriso tenero.

Questa volta sento il cuore che palpita, per la prima volta in vita mia. I sentimenti che provo mi spaventano, eppure sembra che non riesca ad andarmene.

E quando Eli finisce per quella sera, ripone la chitarra, si avvicina e mi prende per mano, tirandomi in piedi. «Che ne pensi?»

La mia voce è solo un mormorio. «Mi è piaciuto. Molto.» Ma intendo lui.

Eli mi sorride, con gli occhi nocciola che si illuminano. «Ho il turno presto domani mattina, quindi devo andare. Mi accompagni fuori o volevi restare ancora un po'?»

«Sono venuta solo per sentirti suonare. Esco anch'io.»

Mi indica di precederlo e attraverso il ristorante, senten

domi a disagio. Il personale riferirà a Sydney che sono uscita con Eli? Lo sto solo accompagnando fuori. Il senso di colpa mi pesa sulle spalle.

Una volta fuori, indico la mia auto parcheggiata nell'angolo in fondo del terreno, quello più vicino alla strada. «Io sono lì.»

Eli mi accompagna all'auto, portando la custodia della chitarra. «Ti ringrazio per essere venuta stasera.»

Sono fin troppo conscia della sua presenza accanto a me. Del suo passo sicuro, l'ombra della barba sulle guance. «Certo, è stato bello.»

Arriviamo alla mia auto e l'area si illumina grazie ai sensori di movimento sugli alberi sopra di noi. Mi blocco, accanto a lui sotto la luce. La gente può vederci dal ristorante?

«Beh, buonanotte.» Mi volto in fretta e apro l'auto.

«Ehi» dice gentilmente Eli.

Mi volto a guardarlo, facendomi mentalmente forza. Devo resistere alla tentazione. E non solo a causa di Sydney. Non sono tagliata per le relazioni ed Eli non è un uomo con cui potrei stare senza impegno. Troppo complicato. Anche sapendolo, non mi sposto. Invece lo fisso: le sopracciglia arcuate, le ciglia folte che incorniciano gli occhi, l'angolo netto della mandibola velata di barba.

Lui sorride e le mie farfalle riprendono il volo. Ha il sorriso più bello e sinceramente caloroso che abbia mai visto. Gli illumina tutto il volto. Mi manda a fuoco. «Voglio portarti fuori, da qualche parte lontano da occhi che giudicano, se sai che cosa intendo dire.»

Lo so. Ovvio che lo sappia. Mi sento invadere dal panico e il mio cuore comincia a battere forte. Ma non mi muovo.

Eli mi prende la mano, girandola e portandosi il polso alla bocca. Sento una fitta di desiderio al tocco delle sue labbra. Sono sicura che abbia sentito il battito frenetico del mio polso.

Quando troverò mai un altro uomo così, dominante e tenero insieme? Mi fa qualcosa, mi fa provare delle sensazioni che non ho mai provato prima, emozioni che non mi sono mai permessa di provare. *Pericoloso*. Ho la bocca secca. Sembra che non riesca a trovare le parole per respingerlo. Mi sta ancora tenendo il polso e mi piace.

Quando mi rimette la mano lungo il fianco un angolo della sua bocca si alza. «Tentata?»

«Sì» sussurro.

«È tutto ciò che ho bisogno di sapere. Buonanotte, Jenna.» Mi apre la portiera dell'auto e io salgo, con le gambe che tremano.

Che cosa ho appena accettato di fare?

Torno al lavoro presto come al solito il lunedì mattina, a preparare muffin freschi, brownie e barrette multistrato. Più tardi passerò ai biscotti. Audrey mi ha fatto un grosso ordine di brownie al caramello salato per il suo Club del Libro, quindi sono venuta in negozio più presto del solito per assicurarmi di avere abbastanza tempo per il suo ordine oltre la mia solita produzione.

Di solito sono un po' assonnata il mattino, ma adesso sono piena di energia. Quasi esultante. Non so che cosa mi sia preso. Ho bevuto solo una tazza di caffè. Ho un forte sospetto del motivo per cui sono così esultante, ma non voglio pensarci troppo. Mi fa sentire nervosa aver accettato di vedere Eli lontano da occhi indiscreti. Non lo sento da allora. Forse ieri era troppo occupato per mandarmi un messaggio. O forse ci sta ripensando. Mi sgonfio, la mia esultanza svanisce.

Tolgo una teglia di brownie dal forno e la metto a raffreddare. Da quando l'ha suonata per me ho fissa in testa la canzone orecchiabile degli Aerosmith. Nessuno mi aveva mai dedicato una canzone. Un altro gesto dolce. È stato così gentile quando si è trattato di risolvere il piccolo problema del tamponamento, anche se so quanto era sconvolto per la sua nuovissima Mustang. Scuoto la testa, sto sognando e, dato che sono da sola, suono la mia playlist di canzoni allegre. Aiuta avere un po' di allegria intorno. Entro nel vivo delle preparazioni, intorno a me i profumi deliziosi della cannella, dello zucchero e del cioccolato. Non mi stanco mai, per quanto prepari dolci. I profumi, le forme, i sapori. Amo tutto.

Due ore dopo, mi siedo e alzo le gambe. Apriremo tra un'ora. Mangio un muffin alla zucca appena sformato e faccio una lista mentale di tutto quello che devo fare prima di aprire. La mia mente torna all'uomo che non è mai molto lontano dai miei pensieri.

Ha ragione Audrey dicendo che sto permettendo agli stupidi errori dei miei genitori di rovinare la mia futura felicità? Dio, non basta che mi abbiano rovinato l'infanzia?

Rimetto i piedi sul pavimento e mi siedo diritta. Ho veramente intenzione di farlo? Tentare di avere una relazione? Sento il cuore che mi batte nelle orecchie e mi sento gelata, nauseata. Mi appoggio allo schienale e faccio qualche respiro profondo. Non posso farlo. Perderei l'amicizia di Syd. E la delusione sarà cocente quando tutto finirà in fiamme.

Chiudo gli occhi e mi sforzo di concentrarmi sul lavoro: la merce da vendere, gli ordini da fare per la settimana, le ricette da prendere in considerazione per la prossima stagione delle feste.

Due ore dopo, sto controllando l'elenco della merce tra un cliente e l'altro, cercando disperatamente di restare concentrata. Va tutto bene, finché resterò concentrata su ciò che posso controllare. Non penso ad altro che al Summerdale Sweets. La verità è che non penso a molto altro da più di un anno, da quando ho aperto l'estate scorsa. Non ho preso un solo giorno di vacanza. Ho un'assistente part-time qualche giorno alla settimana, ma per il resto devo fare tutto io. Non ho mai lavorato di più da quando ho la mia impresa.

Suona il campanello e chiudo il laptop, alzandomi per salutare il cliente.

Spalanco gli occhi per la sorpresa. Sono Audrey ed Eli. Di solito non sono insieme. Eli sembra forte e virile, con una camicia di flanella a quadri azzurra, jeans e stivali, come se fosse pronto per un'escursione, in questa bella giornata. Il mio sguardo torna su Audrey che sorride. Sento un accenno di disagio.

Ho quasi paura di chiedere. «Che cosa sta succedendo?»

Audrey si avvicina. «Sei ufficialmente fuori servizio. Grembiule per favore.»

«Cosa?»

Audrey sorride ancora. «Farai una piccola vacanza.»

Aggrotto la fronte, confusa. «Devo lavorare.»

Eli mi chiama piegando un dito. Giro intorno al bancone e lo raggiungo. Non sta sorridendo. In effetti, sembra quasi minaccioso. I suoi occhi luccicano, ha le labbra strette.

Mi manca il fiato. «Eli, che cosa sta succedendo?»

Si muove così in fretta che colgo solo un luccichio d'argento prima di venire ammanettata. «Questo è un rapimento.»

7

«Che diavolo!» urlo.

Audrey applaude. «Ti sta portando via, proprio come rubava le auto. Ricordi che lo chiamava "prendere in prestito"? Adesso sta prendendo in prestito te. Ha promesso di riportarti indietro.»

La guardo storto e mi rivolgo a Eli. «Non posso semplicemente andarmene. Sono l'unica qui.»

Lui mi slega il grembiule e lo passa ad Audrey. «Hai accettato di lasciare che ti portassi fuori, lontano da occhi indiscreti e giudizi.»

«Ho detto che ero tentata!»

Lui sorride. «Certo che sei tentata. Consideralo un viaggio a sorpresa se ti fa sentire meglio. Tu sei rimasta sorpresa e io ho organizzato un viaggio.»

«Oh, è bravo» dice Audrey.

Lui le rivolge un sorriso malandrino. «Come pensi che sia riuscito a cavarmela senza un graffio nonostante tutti i guai che ho combinato?»

Alzo i polsi ammanettati. «Penso che rapimento sia la parola più giusta.»

Eli diventa serio, tira indietro le spalle, assume l'atteggiamento da poliziotto. «Sei in arresto per una gita in auto di due giorni con il sottoscritto, durante la quale osserverai i colori delle foglie autunnali e varie altre cose che è meglio non menzionare davanti ad Audrey.»

Audrey ridacchia.

Mi blocco, allarmata. *Due giorni, via da qui, da soli?*

Li guardo preoccupata e sconvolta. «Non posso lasciare il negozio!»

Audrey mi mette le mani sulle spalle, guardandomi negli occhi. «Oggi ti sostituirò io e il martedì sei chiusa. Via. Ti meriti una pausa.» Mi solleva i polsi ammanettati. «Comunque non potresti lavorare, con queste.»

Guardo Eli, ancora scioccata e non poco preoccupata per le conseguenze di passare tanto tempo insieme. «Non riesco a credere che tu mi stia sequestrando.»

«Audrey ha detto che andava bene.»

«*Audrey* ha detto...» È tutto quello che riesco a dire prima che Eli mi butti su una spalla a testa in giù, togliendomi il fiato. Nessuno ha mai cercato di portarmi in questo modo. Sono troppo alta. Cerco di aggrapparmi alla rabbia. Che razza di uomo ti sequestra? E che tipo di amica lo aiuta alle tue spalle?

Eli si sta già dirigendo alla porta.

Mi concentro su Audrey. «Mi vendicherò, Aud! Non saprai come e quando, ma aspettatelo!»

Lei mi saluta agitando le dita. «Divertiti!»

E poi siamo fuori, il sole brilla attraverso le foglie che stanno cominciando a mostrare le tonalità di giallo, arancio e rosso dell'autunno. Se l'intenzione è di vedere i colori autunnali, siamo diretti a nord. *Non* l'avevo accettato. Sono sicura che Sydney scoprirà che siamo stati entrambi fuori città per due giorni. Quest'uomo è pazzo!

Eli mi rimette a terra accanto alla sua Mustang. «Spero che non ti dispiaccia se ho portato con me la mia femmina preferita.» Indica con il pollice il sedile posteriore dove c'è una pitbull marrone chiaro con una macchia bianca sul muso, seduta con la testa fuori dal finestrino. «Jenna, ti presento Lucy.»

Non sono nemmeno la sua femmina preferita. E sono io quella legata! Non il cane! *Grr...*

«Lucy non è legata come me» gli faccio notare.

«Lucy mi salta in braccio tutte le volte che mi vede. Tu no.» Apre la portiera dell'auto, mi mette una mano sulla testa come se fossi una criminale e mi fa sedere sul sedile anteriore. Mi consolo dicendomi che non è arrivato al punto di ammanettarmi e infilarmi nella sua auto di servizio. Che cosa avrebbe pensato la gente? Avrei perso tutti i clienti. La pasticcera criminale. Probabilmente sospetterebbero che usi marijuana nelle mie ricette o qualcosa di simile.

Un momento dopo, si mette al posto di guida, mi mette la cintura di sicurezza, poi mette in moto e parte.

Mi appoggio allo schienale, pensando freneticamente a che cosa significa. Ovviamente Eli vuole passare del tempo con me e farà di tutto perché succeda. E mi ha reso facile passare del tempo con lui. Niente chiacchiere, niente dubbi, mi ha solo rapita con la benedizione della mia amica. Le farfalle riprendono il volo. Stupide farfalle.

Sono ancora arrabbiata. Non mi ha dato scelta, e, da proprietaria di un negozio, devo programmare con cura il mio tempo libero. Non che faccia mai vacanza. Ooh, ecco perché Audrey ha fatto quel grosso ordine dei miei brownie più venduti per il suo club del libro. Voleva assicurarsi di avere abbastanza scorte. È così premurosa. No, aspettate, sono arrabbiata anche con lei. Avrebbe dovuto dirmi che cosa aveva in programma. O era stata un'idea di Audrey?

«Di chi è stata l'idea del sequestro?»

«Credo di poter dire che è stata tua. Al bar, un paio di settimane fa ti sei offerta di lasciarti ammanettare.»

«Cosa!? Non è vero.»

«Oh sì. Lo hai fatto. Avevo detto che avrei potuto arrestarti per disturbo della quiete pubblica e tu hai detto, e cito: "Se devi". Se preparare i brownie alle cinque del mattino non è disturbo della quiete pubblica, non so che cosa possa esserlo. E non dimentichiamo che solo due giorni fa hai detto che eri tentata di uscire con me, lontano da occhi indiscreti. Ho unito i puntini ed eccoci qui. Una gita con manette. Nessuno che giudichi, solo gli occhi adoranti di Lucy. Giusto Lucy?»

«Una gita con manette! Non esiste una cosa simile.»

«Lucy ti adora già, guardala.»

Mi sposto per guardare il sedile posteriore. Lucy sembra incantata di avere la mia attenzione. Si china per annusarmi e poi mi lecca il mento.

Mi rimetto seduta. Ecco la cosa bella dei cani: amano tutti. *Ti ho appena conosciuto e ti amo già.*

Guardo Eli che sembra soddisfatto di sé. «Avresti potuto chiedermi di uscire come una persona normale.»

«Avrei potuto, o ti saresti preoccupata tanto del giudizio degli altri che mi avresti respinto anche se ti piaccio?»

Maledizione. È vero che mi piace e probabilmente avrei tentato di resistere per motivi che non sembrano così importanti mentre sta guidando per uscire dalla città. Guardo fuori dal finestrino, cercando di aggrapparmi alla mia rabbia. È sbagliato sequestrare una persona. E anche ammanettarla!

Mi volto verso di lui. «Non ho intenzione di saltare fuori dall'auto. Puoi togliermi le manette.»

«Lo farò.»

Gli tendo i polsi.

«Tra cinque ore. Una volta che saremo al sicuro, chiusi nella nostra stanza. O forse ti ammanetterò al letto. Pensaci, bella. Tu, alla mia mercé.»

La mia mente lo immagina talmente nel dettaglio che comincio a pulsare. *No. Smettila. È una follia. Non è vero* che mi eccita il fatto che Eli stia facendo la cosa sbagliata. E se non ci fosse stato nessuno a coprirmi al lavoro? Non posso permettermi di perdere un'intera giornata di vendite. Mi lampeggia nella mente l'immagine di Audrey che sorride come una pazza. *Che follia.* Si occuperà del mio negozio come se fosse suo.

Eli mi guarda. «Su una scala da uno a dieci, in cui dieci è che vuoi prendermi a calci sugli stinchi, essere sequestrata a che punto è?»

«Toglimi le manette e vedremo» dico dolcemente.

Eli mi dà un'occhiata di sottecchi. «Immagino che sia un dieci. Probabilmente avrei dovuto legarti anche le caviglie.»

«Non farti venire delle idee. Quindi immagino che dovrò indossare gli stessi vestiti, mai lavarmi i denti...»

«Ci ha pensato Audrey. La tua valigia è nel baule.»

Resto a bocca aperta. Audrey ha la mia chiave di scorta, in caso di emergenze, ma comunque... «Quand'è successo?»

«Questa mattina, mentre eri al lavoro. Prego.»

Stringo le labbra. «Dove stiamo andando?»

«Un lodge nelle White Mountains del New Hampshire. Accettano i cani e hanno una suite al pianterreno con un patio in modo che Lucy possa uscire, se vuole. È un buon momento per ammirare le foglie. Non il momento migliore, in cui c'è troppa folla, ma abbastanza da vedere bei colori.»

Vorrei continuare a essere incazzata e fargli capire che ciò che ha fatto è sbagliato, ma in effetti sembra fantastico. Non prendo un solo giorno di vacanza da tempo immemorabile. Anche quando il negozio è chiuso, il martedì, finisco sempre per fare il bucato, commissioni varie, cucinare per il resto della settimana, pagare i conti ecc. Tutta roba noiosa, da adulti. Non mi rilasso veramente mai.

Eli si ferma a un semaforo rosso e mi dà un'occhiata severa. «Non aspettarti sesso durante questa gita.»

Spalanco gli occhi, sorpresa.

La luce diventa verde ed Eli accelera. Siamo di nuovo in viaggio mentre io resto seduta, stordita. Mi ha rapita e ha prenotato una stanza per noi ma non vuole fare sesso. E mi ha anche presa in giro parlando di ammanettarmi al letto. Devo saperlo: «A che razza di gioco perverso stai giocando?».

Eli scoppia in una risata.

«Divideremo una stanza?» È veramente folle se pensa che non ci sarà sesso in uno scenario simile.

«È una suite con due camere. Una per me e Lucy e una per te.»

Preferisce dormire con il suo cane invece che con me? «Mi stai prendendo in giro?»

«No.»

«E che cosa faremo durante questo viaggio a sorpresa nel quale io sono ammanettata e tu dormi con il tuo cane?»

Lui sorride. «Cammineremo, coglieremo le mele e mangeremo gelato. Praticamente un tipico scenario da incubo.»

Mi sfugge una risata. «Non riesco a credere che tu abbia organizzato tutto.»

«Non è stato difficile e mi dà la possibilità di conoscerti meglio.»

Deglutisco, con il cuore che batte forte. «Qualcuno potrebbe farsi male. E Sydney vuole che tu stia con Brooke. Ha chiarito che vuole che io ti stia lontana. Sa che sono merce guasta.»

«Brooke, la sorella di Wyatt?»

«Sì.»

«Perché diavolo pensi che starei così, alla cieca, con qualcuno scelto da mia sorella? Non ha voce in capitolo sulla persona con cui sto.»

Lo fisso. «Non hai sentito la parte riguardo al farsi male? È il motivo per cui Sydney è così preoccupata e, sinceramente, lo sono anch'io.»

Eli resta in silenzio per un momento. «Ascolta, dammi questi due giorni e poi ti lascerò in pace per sempre.»

Sbatto gli occhi. «Davvero? Solo due giorni?»

«Esatto.»

Mi dimeno sul sedile cercando di capire. Per qualche motivo, pensavo che ci fosse in ballo qualcosa di più grosso. La grande R: una relazione. Non so perché l'avessi pensato. Immagino che ci siano sentimenti inaspettati da parte mia, sentimenti veramente profondi, ma lui non prova le stesse cose. Dovrei sentirmi sollevata. È solo un'avventuretta. No, nemmeno quello, dato che ha detto che non ci sarà sesso. Più che altro una fuga segreta.

«E se Sydney lo scoprisse?»

«Audrey ha giurato che sarebbe stato un segreto.» Sorride. «Non è il caso che si sappia che il futuro capo della polizia è un rapitore e Syd probabilmente è troppo occupata con Wyatt per notare che cosa stiamo facendo un lunedì.»

«E il martedì.»

«E il martedì, sì. Non la vedo mai all'inizio della settimana, e tu?»

«No, di solito no.»

«Allora, ciò che Sydney non sa non può farle male.»

Non dovrebbe essere così sicuro riguardo a Sydney. Potrebbe scoprirlo e incazzarsi perché ho agito alle sue spalle, ma non avevo scelta, no? Sbuffo, esasperata. Sono stata ammanettata da un alfa sprovveduto che non ha pensato alle conseguenze.

Gli do un'occhiata. Sembra così rilassato al volante. Io non riuscirò a rilassarmi completamente finché non sarò sicura che capisca la gravità della situazione in cui mi ha messa. «Sydney mi ha detto che non mi perdonerà mai se ti ferirò.»

«Hai intenzione di ferirmi?»

«No, ma non credo che approverebbe...»

«Due giorni. Ecco tutto. Se lo scoprirà e si arrabbierà, ci penserò io.»

«Sydney e io siamo come sorelle. Voglio che diventiamo vecchie signore insieme, a bere gin e barare a carte.»

Eli ridacchia. «Siete voi due in casa di riposo?»

«Sembra stupido, ma è vero. Lei e io siamo come gemelle.»

«Questo non significa tenere lontani tutti gli uomini, no? Adesso lei è sposata. Se lei ha potuto fare spazio a un uomo nella sua vita, oltre al gin e alle carte, perché tu non puoi?»

«Io non mi sposerò mai.»

«Okay.»

«No, lo dico sul serio.»

«Lo so. Rilassati. Sei stata semplicemente rapita per due giorni di vacanza forzata, durante la quale non potrai approfittare di me. Goditela.»

Rido un po'.

Sono solo due giorni.

Eli si ferma a un semaforo rosso, prende una piccola chiave dal taschino e apre le manette, gettandole nel portaoggetti. Mi strofino i polsi e lui se li porta alla bocca, fissandomi con i suoi occhi nocciola prima di posare un bacio lieve all'interno di ciascuno. Sento un'ondata di calore, il sangue che scorre veloce nelle vene. Sembra quasi romantico.

Eli controlla il semaforo, ancora rosso, si volta verso di me e mi mette la mano sulla nuca, tirandomi vicina per un bacio. Sento una scossa a quel contatto. Le sue labbra calde che sfiorano le mie mi fanno solo volere di più. Un primo bacio perfetto.

Si tira indietro per guardarmi negli occhi. «Non mi aspetto molto, Jenna. Solo la possibilità di conoscerci un po' meglio.»

Apro la bocca, sorpresa. Non sembra così spaventoso come avevo pensato. In effetti, sembra fattibile. Due giorni passati a conoscerci un po' meglio. Devo ammettere che si aspetta veramente poco ed è rassicurante.

Il semaforo diventa verde e lui riparte, dirigendosi verso la superstrada.

Sto in silenzio mentre guida, guardando il bel panorama che scorre mentre ci dirigiamo più a nord verso le propaggini dei Monti Appalachi, con gli alberi dai colori fiammeggianti in mezzo a gruppi di sempreverdi. Il cielo azzurro è punteggiato di soffici nuvolette bianche, leggere e semplici come le cose con Eli.

Mi rilasso per la prima volta da molto tempo. Sto andando in vacanza con un uomo sexy, che capisce il bisogno di discrezione e confini ben definiti. Non penso che ci possa essere qualcosa di meglio. Da aggiungere alle cose che non ho mai fatto con un uomo. Mai fatto un viaggio insieme, mai stata rapita e mai escluso il sesso a priori. Mmm...

«Baciarsi è consentito?»

Lui mi fa l'occhiolino. «Solo se lo chiedi gentilmente.»

8

Eli

Tutto bene finora. Jenna e io ci siamo appena sistemati nel lodge, un grande edificio di tronchi a due piani, dopo una breve sosta per il pranzo e una breve passeggiata a una cascata lungo la strada. Adesso è pomeriggio e l'area intorno al lodge è piena di sentieri nei boschi e un ruscello gorgogliante. Lucy sta correndo in giro per la suite, lieta di non essere più in auto. Abbiamo un soggiorno, una piccola cucina e due camere ai lati, ciascuna con il suo bagno. Secondo il portiere ci sono solo poche altre coppie qui. La maggior parte della struttura è vuota. Non mi sorprende, visto che è lunedì e non è ancora arrivata la stagione piena del *foliage*.

«È così bello qui» dice Jenna guardando il panorama delle dolci colline e dei boschi fuori dalla portafinestra che dà sul patio. È una bella giornata che posso dividere con una bella donna. Originariamente l'avevo pensata come un lungo primo appuntamento, ma quando mi ha rivelato le sue preoccupazioni mi sono reso conto di non poter guardare troppo lontano. Due giorni, una specie di test. Quando siamo solo noi due, c'è qualcosa che vale la pena di portare avanti, nonostante quello che lei considera il suo trauma e le possibili ripercussioni con Sydney? Sono speranzoso, ma molto dipenderà da come andranno le cose tra di noi qui, isolati nelle montagne del New Hampshire. Niente pressioni.

Mi avvicino a lei e l'abbraccio da dietro. «Sono contento che ti piaccia.»

Lei mi guarda voltando la testa. «Pensavo che non avremmo fatto sesso.»

«L'ultima volta che ho controllato, abbracciarsi completamente vestiti non era fare sesso.»

«È un preliminare.»

«Non posso semplicemente essere affettuoso?»

Lei si volta, mettendomi le braccia intorno alla vita. «Dov'è andato il desiderio? O ero solo io?»

Curvo le labbra in un sorriso. «Oh, c'è, fidati.»

Lei mi passa le dita tra i capelli sulla nuca. «Forse potremmo fare altre cose.»

Mi stacco, già abbastanza tentato. «No. Prendo il guinzaglio di Lucy e andremo a esplorare la proprietà.»

«E dopo?»

«Giocheremo a poker finché mi avrai rivelato tutti i suoi segreti!»

«Strip poker?» chiede speranzosa.

Emetto un gemito. «Mi stai uccidendo.»

«Penso che andrebbe bene» dice piano.

Mi volto, prendendo il guinzaglio di Lucy. È così che deve andare. Lo so istintivamente. Voglio costruire qualcosa, partendo dalle fondamenta.

Chiamo Lucy, che si precipita verso di me, saltandomi in braccio. Rido quando mi lecca la faccia.

Jenna si avvicina sorridendo. «Questo cane ti ama alla follia.»

«È così dal primo giorno in cui l'ho avuta dal veterinario, il dottor Russo. Era così grata di essere stata adottata.» La metto a terra e aggancio il guinzaglio. «Pronta?» chiedo a Jenna.

Lei sta ancora sorridendo a Lucy, solo che adesso ha le lacrime agli occhi. «Sì, sono pronta.» Prende la giacca e usciamo dalla portafinestra.

«L'autunno è la mia stagione preferita» dice. «Mi piacciono le temperature più fresche, le foglie colorate, tutti i deliziosi dolci con le mele, la zucca e la cannella.»

«Piace anche a me. Più che altro perché al lavoro la situazione è più tranquilla, una volta finite le vacanze estive. E il clima non è male. La mia stagione preferita però è la primavera.»

«La stagione del baseball» dice lei.

«Esatto.»

«Gli Yankees hanno avuto una buona stagione.» E poi mi sorprende parlando entusiasticamente della formazione e dicendo che sa che la prossima stagione arriveranno fino in fondo. La maggior parte delle donne non si eccita per il baseball. Sembra veramente promettente. Una donna a cui gli Yankees piacciono quanto a me.

«Dovremmo andare a vedere una partita insieme» dico.

«Mi piacerebbe.» Poi diventa seria. «Cioè, probabilmente potremmo andare in gruppo o qualcosa di simile.»

«Qual è la cosa più strana che ti piace fare?» le chiedo, cercando di alleggerire l'atmosfera. Non posso permettere che scappi spaventata. Costruire un rapporto di fiducia richiede tempo e ho solo trentasei ore da passare con lei.

Jenna scuote la testa. «Non ho intenzione di dirtelo.»

«Perché no? Non ho intenzione di giudicarti.»

Lei nasconde un sorriso. «Oh sì che lo farai.»

«No. Sono sicuro di aver visto e sentito di peggio in città.»

«Per esempio?»

Lucy tira il guinzaglio, attirata da uno scoiattolo. «Seduta» le ordino, tenendola vicina. Lei tira ancora una volta il guinzaglio e poi alza la testa, pregandomi con gli occhi di lasciare che vada a catturare la sua preda. «Brava, seduta così» e la ricompenso con un biscottino.

Jenna mi guarda curiosa. «Ah, giusto. Tutte le cose folli che succedono a Summerdale.»

«Ti posso solo raccontare le cose che sono apparse sul bollettino della polizia» dico.

«Lo pubblicano ancora? Pensavo che il giornale avesse chiuso.»

«C'è una persona, la figlia della signora Shire, che gestisce tutto e lo pubblica online.»

«Uhm. Si chiama ancora *Summerdale Sheet*?»

Guido Lucy più vicina al ruscello e cammino lungo l'acqua gorgogliante. «Sì, certo.»

«Me lo sono perso. Lo cercherò online. Nel frattempo, raccontami qualcosa.»

«Ci sono un mucchio di episodi. Ti ho parlato di Rainbow che prendeva il sole nuda in pubblico, poi c'era il ragazzino che teneva in segreto uno scoiattolo come animale domestico, che poi è rimasto incastrato dentro il divano. Mmm, che altro? Il signor Needle ha schiantato l'auto contro il garage e ha dichiarato che era stata colpa di un uragano. In effetti quest'ultima notizia non era pubblica. Tienila per te. Sperava di farsi rimborsare dall'assicurazione e l'ho convinto a evitare la frode.»

Lei mi sorride. «Sei bravo con la gente.»

«Ci vuole gente di tutti i tipi. Non sarebbe noioso se fossimo tutti uguali?»

«Immagino di sì.»

Le prendo la mano e mi sembra la cosa più naturale al mondo. «Allora, qual è la cosa strana che fai?»

«Non puoi dirlo a nessuno, mai. Distruggerebbe la mia reputazione come prima pasticcera di Summerdale.»

Fingo di ansimare. «Che cosa potrebbe essere? Hai venduto crostate surgelate facendole passare per fresche?»

«Mai!»

«Pasta per biscotti confezionata?»

«No, no, no. È tutto autentico e preparato da zero con gli ingredienti più freschi.»

«Allora, che cos'è? L'ingrediente segreto è lo strutto?»

Jenna scoppia a ridere. «No, solo burro biologico nelle mie ricette. Okay, forse, dopo tutto, la mia cosa non è poi così male.» Fa una pausa e si guarda attorno, ma non c'è nessuno, solo noi, gli scoiattoli che raccolgono le ghiande e un cane felice. «Mi piace mangiare i Twinky congelati tuffati nel latte.»

Spalanco gli occhi come fossi inorridito. «No. I Twinky sono l'esatto opposto dei dolci appena sfornati. Sono così pieni di conservanti che potrebbero sopravvivere alla fine dell'umanità.»

Lei ride. «Non sono così male. Li tuffo nel latte perché il pan di Spagna si sbriciola e resta solo la crema gelata. È un gran casino, ma così buono. E poi bevo il latte con tutte le briciole sul fondo.»

«Bleah. Devo vederlo.»

«Non è un bel vedere. Li mangio da quando ero un'adolescente e, anche se preparo dolci veramente buoni, a volte ho voglia di un Twinky congelato nel latte.»

«Ti capisco, è come per me e i frullati di cavolo riccio.»

Lei mi guarda il petto e poi la spalla. «Bevi i frullati di cavolo?»

«No, quello è Caleb. Stavo cercando qualcosa di disgustoso come i tuoi Twinky congelati che si disintegrano nel latte. Io mi attengo al cibo che posso masticare. Cibo vero.»

Lei mi dà un colpetto col fianco. «Dai, dimmi la cosa più strana che ti piace fare.»

Le stringo la mano. «Mi piace rapire belle donne che si chiamano Jenna Larsen e non fare sesso con loro.»

«È strano!»

E scoppiamo entrambi a ridere.

~

Jenna

Qui non c'è vita notturna e significa che dopo la cena nella sala da pranzo del lodge, torniamo nella suite. Abbiamo bevuto un meraviglioso sidro al whisky e sciroppo d'acero (mi sono perfino fatta dare la ricetta) quindi penso che le inibizioni siano al minimo per la nostra serata. Eli apre la porta e la tiene aperta per me. Lucy si precipita verso di me e io faccio un salto indietro.

«Lucy, seduta» ordina Eli.

Lei si ferma, sembrando incerta.

«Seduta» ripete Eli.

Lucy si siede, con la coda che si agita freneticamente. Eli l'accarezza e io entro nella stanza, dandole una grattatina dietro le orecchie. Lei si appoggia alla mia gamba per un attimo, prima di trotterellare da Eli, che è andato a chiudere le tende verso il patio.

Eli si accuccia e l'accarezza prima di guardarmi. «Probabilmente dovrei insegnarle a smettere di saltarmi in braccio quando arrivo a casa. L'ha quasi fatto con te e avrebbe potuto farti perdere l'equilibrio.»

Implica che si aspetta che frequenti casa sua abbastanza a lungo da rendere prioritario addestrare correttamente Lucy.

«Ma sono solo due giorni» dico in fretta.

«Deve comunque essere addestrata correttamente per gli altri.» L'accarezza con entrambe le mani, grattandola dietro le orecchie. «Ma è così divertente, vero ragazza?» Il cane agita la coda così forte che si scuote tutto il treno posteriore. Eli si alza. «La porto a fare una breve passeggiata e poi giocheremo a poker. A meno che non ci sia qualcos'altro che vuoi fare.»

Guardo automaticamente verso la camera e poi dichiaro: «Il poker va bene».

Il suo sorriso è lento e sicuro, gli occhi consapevoli. «Bene, ci vediamo tra un po'.» Prende il guinzaglio di Lucy e la porta fuori dalla porta del patio.

Vado in camera mia e penso che tanto vale che mi prepari per andare a letto. Che altro c'è da fare? Prendo la mia trousse e vado in bagno. Avrò l'alito fresco di menta se ci baceremo e potrebbe portare ad altro. È naturale. Nessuno potrebbe biasimarmi per aver fatto sesso con lui, in una situazione come questa, di notte, dopo un rapimento. In effetti nessuno saprebbe che cos'è successo tranne Lucy e lei non parla. Il pensiero è liberatorio. Al contempo so che devo stare attenta a non legarmi troppo. Mi piace già troppo. Non posso rischiare un attaccamento profondo che poi mi verrà strappato.

Anche Lucy è fantastica. Sono contenta che l'abbia portata. Dovrei prendere un cane. Non ci ho mai pensato, dopo aver perso il mio da ragazzina a causa del divorzio dei miei genitori. Dio, mi sono perfino negata la compagnia di un cane per quello che hanno fatto loro. Devo smetterla di autopunirmi.

Mi sto punendo da sola.

Il pensiero mi fa perdere per un attimo l'equilibrio e mi afferro al ripiano del bagno, fissando il mio riflesso pallido nello specchio. Non ci avevo mai pensato. Punirmi per qualcosa che razionalmente so che non è colpa mia, anche se una parte di me, la ragazzina arrabbiata che c'è in fondo, lo crede ancora.

Mi butto un po' d'acqua in faccia. Ecco. Prenderò un cane. Non come quello che avevo crescendo, qualcosa di completamente diverso. Magari prenderò un pitbull come Lucy, così potrebbero giocare insieme. Il cuore accelera a quel pensiero. Un futuro con Eli e Lucy nella mia vita.

Due giorni. È tutto quello che abbiamo. Eli non pensa a te in quel modo. Non essere sciocca.

Domani andrò a casa, tornerò alla mia vita vera con le mie amiche, il negozio e il mio comodo appartamento. Vorrei che questo viaggio non ci fosse mai stato. Tranne che voglio aggrapparmi con entrambe le mani a ogni momento. Per avere dei ricordi che mi tengano calda durante i momenti di solitudine.

Finisco in bagno e vado a prendere il pigiama nella valigia nera. Audrey non ha messo lingerie in valigia. È quello che porto di solito quando passiamo le serate in casa tra di noi: una t-shirt e pantaloni di flanella degli Yankees. Immagino che Audrey volesse che il focus fosse sul conoscere Eli o, forse, sapeva che è un grande fan degli Yankees e sperava che il mio pigiama lo attirasse. Il sesso è facile, condividere intimità è difficile.

Le uniche persone che mi conoscono fino in fondo, fino alla parte oscura di me sono le mie amiche. Non ho mai condiviso niente di simile con un uomo. Più che altro perché con gli uomini niente dura a lungo. Non perché scelga l'uomo sbagliato. Il fatto è che dopo aver accidentalmente spezzato dei cuori, ho imparato a dire immediatamente agli uomini che non voglio niente di serio. In questo modo non si fa male nessuno. Di solito gli uomini si sentono sollevati. Con Eli è stato il contrario. Mi ha detto come sarebbe stato dopo avermi *sequestrato*. Sorrido mio malgrado. Non riesco ancora a credere che lo abbia fatto.

Esco dal soggiorno e mi siedo sul piccolo divano marrone a fiori. C'è una TV sulla parete di fronte a me. Potremmo sempre guardare la TV se esauriremo le cose da dire.

Eli arriva poco dopo. Lucy si precipita verso di me e le dico di sedersi in modo che non mi salti addosso. Lei ubbidisce e l'accarezzo. Lei ansima felice. Che bravo cane.

Eli si toglie la giacca, guardandomi. «Quel pigiama è sexy. Non credo che Audrey avrebbe potuto scegliere qualcosa di meglio.»

«Giusto. Sono sicura che i pantaloni di flanella ti attraggano veramente» dico ridendo.

«Sei una fan degli Yankees. È una cosa che mi attira. Un punto per Audrey.»

Scuoto la testa, sorridendo. «Ridicolo.»

«Aspetta.» Va nella sua stanza e torna con un mazzo di carte. «Tieni, mescola mentre mi cambio.»

«Okay.» Mescolo qualche volta le carte, con la mente che va a come andrà stasera. Cercherà di estorcermi tutti i miei segreti? Non ho mai fatto un pigiama party con un uomo.

Qualche minuto dopo, Lucy balza in piedi e corre da Eli.

Lui le ordina di sedersi. Resto a bocca aperta. Indossa una t-shirt grigia ed esattamente gli stessi pantaloni di flanella a quadri degli Yankees che porto io. Dà uno strattone ai pantaloni. «Sembra che siamo abbinati.»

«Oddio, è strano.»

Lui si siede vicino a me, mi mette un braccio sulle spalle e le stringe. Arrossisco, ma non fa niente di più, prende solo le carte e le distribuisce. Tiene le carte strette al petto. «Come sono le tue carte?»

Mi tiro indietro. «Terribili.» Ho un'ottima mano, ma non posso farglielo sapere. È la regola *numero uno* del poker.

Si alza un angolo della sua bocca. «Sono contento che tu abbia una pessima faccia da poker. Significa che sei sincera fino in fondo.»

«E tu no?»

«Sì. Ma posso anche essere completamente inespressivo se necessario. Guarda.»

E la sua espressione diventa completamente neutra. È la sua faccia da poliziotto, quando sta studiando una situazione: professionale, calmo. «Sai, pensavo che una volta o l'altra mi avresti fermato per eccesso di velocità.»

«Non esageri come altra gente.» Sorride con gli occhi nocciola che scintillano divertiti. «Una volta ho dovuto multare il Generale Joan perché guidava troppo piano. Aveva provocato una coda lunghissima.»

«Riesco a immaginarlo. Okay, giochiamo» dico ridendo.

Giochiamo tre mani, io ne vinco una, lui due. Abbiamo riso tantissimo e parlato in continuazione. Aiuta il fatto che abbiamo un passato in comune perché è stato divertente ricordare i vecchi tempi dalle diverse prospettive, con lui maschio e due anni più giovane. Era una grossa differenza quando eravamo ragazzi. Abbiamo un livello di comfort che non ho mai avuto con un altro uomo.

«Vuoi guardare un film?» mi chiede.

«Certo.»

Mi passa il telecomando. «La scelta alle signore.»

«Oh, davvero? La maggior parte degli uomini avrebbe paura che scegliessi un film troppo da donne.»

«Indossi un pigiama degli Yankees. Non mi preoccupo.»

Giro tra i canali e scelgo uno dei miei film preferiti. Parla di un gruppo di spogliarellisti e le coreografie sono fantasti-che. Sì, già, è quello che mi piace, *la coreografia*.

Eli afferra il telecomando. «Niente da fare, devi cederlo perché hai scelto il film sbagliato.»

Mi tuffo per prendere il telecomando, ma lui lo tiene in alto, appena fuori dalla mia portata. Tento di nuovo e finisco per metà sopra di lui, ma non riesco ancora a raggiungerlo. Il calore del suo petto penetra nella mia maglietta e abbasso gli occhi. Mi sta mangiando con gli occhi.

Respiro a fatica. «Dovresti veramente lasciare scegliere a me, visto che sono io quella che è stata rapita.»

«Sì, ma hai fatto la scelta sbagliata.»

«Non esiste. Ho scelto un film meraviglioso.»

«Per le donne.»

Sto per protestare quando mi mette una mano sulla nuca, con le palpebre a mezz'asta.

«Chiedimelo gentilmente» mormora.

9

«Baciami, per favore» sussurro.

Le sue labbra sfiorano le mie, una volta e poi ancora. Mi sciolgo contro di lui, sentendo una fitta di desiderio. *Oh, sì, ancora, per favore.*

Di colpo finisce tutto. Mi solleva, mi sposta e punta il telecomando verso la TV, spegnendola. «Buonanotte.»

«Eli.»

È a un metro di distanza. «Manderò Lucy a svegliarti presto domani mattina. Dobbiamo andare a cogliere le mele e a fare un'escursione prima di tornare a casa.»

Normalmente a quest'ora sarei stanca, dato che mi alzo alle cinque del mattino, ma sono piena di energia. A quanto pare un bacio di Eli è come fare il pieno di caffeina.

«Non andare» dico. «Possiamo guardare qualcos'altro su cui sei d'accordo.» *E baciarci ancora un po'.*

Lui mi fissa la bocca.

«Non credo che sia una buona idea.»

«Ma io non sono stanca.» *E ti voglio.*

Eli alza le mani. «Oh, le cose che deve fare un rapitore. Okay, tu starai seduta sul divano e io sul pavimento dall'altra parte e parleremo.»

Cerco di nascondere la mia delusione. «Di che cosa?»

«Delle molte avventure di Jenna Larsen.»

Prende un grande cuscino viola dal divano, lo getta sul pavimento e si siede con le gambe incrociate. Lucy va da lui e gli appoggia la testa in grembo. «Parla. Comincia col raccontare com'era la tua vita a Brooklyn. Niente giudizi e quello che dirai non uscirà da questa stanza.»

Distolgo gli occhi, nervosa ma al contempo euforica al pensiero della libertà di condividere tutto quello che voglio, senza essere giudicata. Stringo al petto l'altro grande cuscino viola e decido di tastare le acque. «Al mio vecchio lavoro, avevo questo capo che era un completo stronzo. Litigavamo come cani e gatti, finché una sera abbiamo scopato sul tavolo della sala riunione, dopo l'orario di ufficio.»

«Bugiarda. La verità o me ne vado.»

Risucchio il fiato. Non riesco a credere che abbia capito subito che era solo una bugia, un test. Sincerità completa, eh? Allora voglio sapere di lui.

«Sei mai stato innamorato?» gli chiedo.

Lui si blocca.

«Dai, forza. Completa sincerità.»

Eli mi guarda per un momento prima di ammettere: «Una volta amavo una ragazza che si chiamava Beatrice».

«Beatrice» ripeto. «Non è un nome da vecchia signora?»

«L'avevano chiamata come sua nonna. Comunque Beatrice e io ci eravamo incontrati in un club e siamo stati insieme per sei mesi piacevoli e poi per altri tre non tanto piacevoli. Ho chiuso io. Non ne è stata contenta, a dire poco. Si è rifiutata di restituirmi le cose che avevo lasciato a casa sua e, quando alla fine l'ha fatto, era solo una scatola di cenere.»

«Wow. Ha bruciato la tua roba.»

«Sì, già. Inclusa la mia maglietta preferita.»

«Una degli Yankees? Non dirmelo.»

«Nooo. Sarebbe stato imperdonabile. Solo una che mi piaceva e che portavo spesso. Era della tonalità di verde perfetta per far risaltare quello dei miei occhi. Almeno era quello che diceva lei.»

Metto il cuscino sul pavimento, mi allungo sul fianco e mi appoggio al gomito. «Hai sofferto quando è finita?»

«Per un po', ma mi sono ripreso. Adesso tocca a te. E non continuare a farmi domande per evitare di parlare di te.»

Rotolo sulla schiena e fisso il soffitto. Poi mi alzo e abbasso le luci in modo da non averle negli occhi. Mi sdraio di nuovo. «Una volta ho pensato di essere innamorata. Siamo usciti insieme un po' di volte, sempre in gruppo, ma immagino di avere avuto in testa l'idea che fossimo allo stesso punto, in quanto a sentimenti. Poi ho scoperto che in effetti gli piaceva un'altra e io ero solo un'amica con cui si divertiva ogni tanto. Mi ha spezzato il cuore, ed è stupido perché ero solo una ragazzina. Diciassette anni. Succede. Ma mi ha fatto evitare le relazioni per un po'.»

Finché ne ho avuta una al college che ho incasinato io. E un'altra dopo quella. Giuro, ho imparato la lezione!

Eli mi guarda, aspettando che continui.

Detesto ammettere di non essere capace di stare seriamente con un uomo, quindi gli dico invece una parte della verità. «Ho deciso che non valeva la pena di provare sentimenti che non erano reciproci.»

«Comprensibile. Miope ma comprensibile.»

Parliamo per ore. Non solo delle nostre storie, ma anche dei nostri sogni per il futuro. Lui ha in programma di diventare presto capo della polizia e lo sapevo, ma ho anche scoperto che è un buon amico del veterinario che c'è in città e che vuole aiutarlo a raccogliere fondi per un rifugio proprio a Summerdale. Eli è meraviglioso. Un uomo con una profondità sorprendente cui sta veramente a cuore la comunità, animali inclusi.

Adesso siamo seduti sul divano, con una coperta sulle gambe. A un certo punto ho avuto freddo ed Eli mi ha portato la coperta. Ovviamente mi sono offerta di dividerla. Adesso, con il calore combinato dei nostri corpi, siamo super comodi. Lucy è sdraiata sul cuscino abbandonato da Eli e dorme arrotolata stretta.

Sto cominciando a sentire la stanchezza, ma non voglio dire buonanotte e mettere fine al tempo meraviglioso che sto passando con lui. «Hai qualche torbido segreto?»

Lui mi dà una spallata. «Intendi dire come la tua disgustosa abitudine con i Twinky congelati?»

Reagisco come se fossi offesa. «Che cos'è successo a "niente giudizi"? E non è un'abitudine disgustosa. È deliziosa. Non scartarla finché non l'avrai provata.»

Mi prende la mano nella sua calda, intrecciando le dita sopra la coperta rossa di pile. Ha le dita lunghe e affusolate che coprono completamente le mie più piccole. «Hai ragione. Niente giudizi su quello che ti piace.»

Mi sento così vicina a lui che vorrei salirgli in grembo, appoggiare la faccia sul suo collo e respirarlo. Assaggiarlo. Toccarlo.

La sua voce profonda mi distoglie dai miei pensieri lussuriosi. «Ho un segreto.»

Adesso ha tutta la mia attenzione. Sto già sorridendo nell'attesa. «Qual è?»

Lui mi lascia andare la mano, mettendomi una ciocca di capelli dietro l'orecchio, con le dita che scendono sfiorandomi leggermente il collo. Sento un lungo brivido. «Eri la ragazza delle mie fantasie da adolescente.»

Lo guardo negli occhi e mormoro: «Sydney aveva detto che credeva avessi una cotta per me quando avevi quindici anni».

Lui mi fissa per un lungo momento prima di ammettere: «È durata più a lungo».

«Oh.»

Lui guarda diritto davanti a sé, probabilmente imbarazzato per avermelo detto.

Cerco di farlo sentire meglio. «Beh, eri così giovane. Immagino che fosse naturale. Come Audrey che adorava Drew anche se lui era più vecchio e sembrava non notarla mai.» Chiudo di colpo la bocca perché ero io quella più vecchia e da come l'ho detto sembra che non lo notassi mai, ma non è così. «Mi hai portato dei fiori il giorno in cui sono partita per il college. È stato un gesto carino. Ha illuminato una giornata altrimenti caotica e dolceamara.»

«Un gesto carino» ripete.

«Sì. È stato carino che ti fermassi a salutarmi e mi portassi un piccolo regalo.»

Eli stringe i denti. «È quello che hai pensato che fosse? Solo un piccolo regalo?»

Sbatto gli occhi un paio di volte, confusa. «È stato un grande regalo. A chi non piace ricevere delle rose? Volevo portarle con me nel nuovo dormitorio, ma...»

«Quindi il biglietto per te non ha significato niente?»

«Quale biglietto?»

Lui mi fissa.

«Eli, quale biglietto?»

Lui parla lentamente e con attenzione. «Il biglietto con le rose. L'avevo messo nella carta intorno ai fiori.»

Scuoto la testa. «Non ho visto biglietti.»

Rivado con la mente a quel giorno d'estate. Continuavo ad andare avanti e indietro dalla casa all'auto, preparando tutto per il viaggio in North Carolina, con la mamma che mi ripeteva costantemente di non dimenticare questo o quello. Ero andata al supermercato a prendere alcune cose dell'ultimo minuto e poi era arrivato Eli, alto e snello, che mi aveva messo in mano una dozzina di rose rosse dicendo che gli sarei mancata.

Aggrotto le sopracciglia, cercando di ricordare che cos'era successo ai fiori. «Ho portato i fiori all'auto con me perché pensavo che sarebbe stato bello averli con me nel nuovo dormitorio, ma la mamma aveva detto che non sarebbero sopravvissuti al calore del lungo viaggio. Li ha presi e portati in casa per metterli in un vaso e poi siamo partite.» Alzo le mani. «Forse il biglietto è caduto mentre li portava in casa o lo ha buttato per sbaglio con la carta nella fretta di partire. Non mi ha mai detto di aver visto un biglietto.»

Eli si appoggia allo schienale con un gemito.

«Che c'è? Che cosa diceva il biglietto?»

Lui chiude gli occhi. «Sono un tale idiota. Tutto quel tempo perso da quando sei tornata in città.»

Gli do una sberla sulla spalla. «Allora è vero che mi stavi evitando!» Resto a bocca aperta quando mi rendo conto di che cosa significa. «Deve esserci stato qualcosa di veramente imbarazzante in quel biglietto. Mi avevi scritto una poesia d'amore?»

Eli mi placca e strillo sorpresa, ridendo. Mi preme la faccia sul collo, strofinando la guancia ruvida mentre mi copre col suo corpo. La frizione è deliziosa, il calore improvviso, il suo peso. Gli metto le braccia intorno al collo, non stiamo più scherzando.

Lui alza la testa e dice con la voce ruvida: «Eri la ragazza dei miei sogni. Sei sempre stata la ragazza dei miei sogni».

Mi manca il fiato. «Eli, è così...»

«Non dire carino.»

Scuoto la testa, con gli occhi spalancati per lo stupore. «È la cosa più meravigliosa che qualcuno mi abbia mai detto.»

Unisce la bocca alla mia in un bacio ardente che mi ruba il fiato. Perché non è solo un bacio: ogni movimento, ogni pressione delle sue labbra e della sua lingua sembra di più. Come se i sentimenti a lungo repressi potessero esprimersi completamente per la prima volta: passione, bisogno, tenerezza... Amore?

Stacco la bocca dalla sua. «Eli, che cosa diceva il biglietto?»

«Non adesso» dice con la voce roca.

Mi appoggia la mano sulla guancia e approfondisce il bacio. Io afferro la sua maglia, tenendolo vicino. Ho bisogno del suo bacio più che delle sue risposte.

Un momento dopo, lui si alza e mi tira con sé. Restiamo lì in piedi, a guardarci negli occhi. Sto respirando forte, ogni parte del mio corpo chiede di più. Eli è sexy e sicuro allo stesso tempo. Ogni uomo con cui sono stata era un rischio, perché non li conoscevo così bene. Potevano essere aggressivi, stronzi, o comunque fare schifo. Eli non fa schifo. È meraviglioso.

Non so chi si sia mosso per primo, ma siamo premuti l'uno contro l'altra. Il bacio è ardente, le dita si infilano nei miei capelli, l'altra mano è appoggiata al sedere, mi tiene vicina e scatena un desiderio urgente che non può sparire. Vado a fuoco, ho la febbre. Afferro l'orlo della sua maglia e la rialzo. Lui se la toglie in fretta e poi mi bacia di nuovo, come se avesse tutto il tempo del mondo. Io sto recuperando il tempo perduto, l'attrazione che ho cercato di negare, i sentimenti... stanno venendo tutti a galla.

Eli inspira forte. «Bella... Le cose che voglio farti.»

«Voglio tutto. Adesso.»

Lui mi avvolge le braccia intorno dicendomi piano all'orecchio: «Abbiamo tutta la notte».

Piega la testa baciandomi il punto liscio dietro l'orecchio e poi scende lentamente lungo il collo. Gli passo le mani sulla schiena ampia, lungo i fianchi, godendo del gioco dei muscoli. Le mie dita si fermano quando mi sfiora il collo coi denti. Continua a baciarmi il collo finché arriva a un punto sensibile e le mie ginocchia si piegano. Sento le sue labbra che si curvano in un sorriso contro la mia pelle mentre la mano va alla cintura dei pantaloni, scivolando dentro.

Mi sveste tra un bacio e l'altro e io restituisco il favore mentre andiamo verso la sua stanza. Eli accende la luce, ne abbassa l'intensità e poi mi guida verso il letto. Toglie le coperte e mi dà una piccola spinta. Cado seduta sul materasso e alzo gli occhi su di lui.

Gli brillano gli occhi, la sua espressione è quella di un cacciatore che ha finalmente raggiunto la sua preda. Mi manca il fiato. Non ho mai visto un uomo guardarmi in questo modo. Come se volesse divorarmi.

Eli si mette in ginocchio, mi allarga le gambe e guarda a suo piacere. Sono tentata di spostarmi, non sono pronta per una simile aperta intimità. Mi sfiora con le dita ed è una sensazione così bella che non m'importa più che mi stia fissando in questo modo. Poi mi bacia intimamente, la ricompensa è così piacevole che ricado all'indietro sul letto, arrendendomi immediatamente. Eli mormora la sua soddisfazione contro di me prima di portarmi lentamente verso un languido piacere. I miei fianchi si muovono da soli secondo il ritmo che ha impostato mentre il piacere intenso continua ad aumentare.

È veramente bravo.

Perfetto.

Oh, Dio.

Esplodo in un grido con il piacere che mi inonda. Allungo freneticamente le mani verso di lui. «Ti voglio dentro di me.»

Eli non esita. Afferra un preservativo dal suo comodino e se lo infila.

Sorrido. «Eri preparato.»

«Non me l'aspettavo, Jenna. Ero serio quando dicevo che il sesso non era previsto, ma dovevo tenere conto della possibilità.»

«Non scusarti. Sono entusiasta. E non osare fermarti adesso.»

Mi penetra con una forte spinta che mi toglie il fiato. E poi non ci sono più parole. Alzo i fianchi, andandogli incontro mentre si spinge dentro di me. È esattamente ciò di cui ho bisogno. Incredibilmente, sento la pressione che ricomincia a salire. Non mi è mai successo. Una volta e basta, e sono già contenta di arrivare all'orgasmo. Il mio mondo scompare, la vista si annebbia e i suoni si attenuano mentre le sensazioni aumentano, sempre più bollenti, e la pressione sale.

Eli infila le dita tra le mie gambe, strofinandomi con perizia. È *troppo*. Tremo sotto di lui, che mi sussurra all'orecchio, invitandomi con la voce sensuale, dicendomi che mi porterà di nuovo in cima, che devo rilassarmi e lasciar fare a lui.

Dalla mia gola escono suoni che non ho mai sentito quando Eli prende il controllo, la mia mente si svuota e il mio corpo risponde al suo tocco, al suo odore, al timbro profondo della sua voce, spingendomi sempre più in alto.

Poi sono travolta dall'orgasmo, con il corpo che si scuote, ondate di piacere che mi sommergono. Mi affloscio, incredula e stordita.

«Bello, così bello» mormora Eli al mio orecchio.

E poi continua, creando scintille di piacere a ogni spinta. Sto ansimando, sopraffatta dalle sensazioni, mi muovo sotto le sue spinte finché finalmente si lascia andare con un forte gemito. Restiamo fermi così a lungo, premuti uno contro l'altra, mentre riprendiamo fiato.

Le parole escono prima che possa fermarle. «Voglio più di due giorni.»

Lui alza la testa, con gli occhi nocciola che scintillano. «È stato il secondo orgasmo che ha fatto pendere l'ago della bilancia?»

Gli metto una mano sulla guancia ruvida, travolta da un'ondata di affetto. «Sei tu.»

«Mmm, lascia che ci pensi.» Rotola sulla schiena, portandomi con sé. Atterro sopra di lui con una risata. Lui mi avvolge attorno le braccia, spingendomi la testa contro il suo petto. Sospiro felice.

Eli si sposta e spegne le luci, continuando a tenermi abbracciata. Sono soddisfatta, calda e sonnolenta. C'è una domanda che continua a girarmi nella testa e raccolgo le ultime energie per alzare la testa. «Eli?»

«Sì?» Sembra stanco.

«Per favore, puoi dirmi che cosa diceva il biglietto?»

Lui mi preme nuovamente la testa contro il petto. «Dormi, Jenna.»

È l'ultima cosa che ricordo.

10

Mi sveglio con Lucy che mi sta leccando la faccia. L'accarezzo, scendo dal letto di Eli e vado nel soggiorno della suite.

Eli è nel cucinino, con i capelli umidi dopo la doccia, con una camicia nera di flanella, i jeans e stivali da trekking. «Buongiorno, bella.»

Sorrido, con il cuore che accelera immediatamente. «Buongiorno.»

Lui batte le mani. «Forza, in fretta. Ci sono mele da cogliere, foglie da guardare e gelato da mangiare.»

Corro al suo fianco, travolta dall'affetto e lo abbraccio stretto. «Sembra tutto meraviglioso.» *Come te.*

Lui mi accarezza la guancia, sorridendomi. «Sembra che tu e i rapimenti andiate d'accordo.»

Lo bacio e faccio un passo indietro, sopraffatta da quello che sto provando. È amore? Fa paura, ma nel senso buono, come l'emozione che si prova sulle montagne russe. «Faccio una doccia e mi vesto.» Vado verso la mia camera.

«Io mi occupo della colazione.»

È un tale tesoro. Forse mi sono sbagliata in tutti questi anni rimanendo distaccata con gli uomini. O forse solo Eli poteva avere questo effetto su di me.

Mi volto a guardarlo. «Sei una vera gemma, lo sai?»

I suoi occhi restano fissi nei miei. «Ricordalo quando torneremo al mondo reale.»

La mia felicità diminuisce a quel pensiero. Non sono pronta a pensare alla realtà. Mi affretto a tornare nella mia stanza.

È tardi e sono stanca dopo una giornata passata a camminare e raccogliere mele. Forse è tutta quell'aria fresca e il sole a farsi sentire. O forse è la doppia porzione di gelato alla menta con le gocce di cioccolato che ho appena mangiato, ma non riesco a tenere gli occhi aperti. Mi appisolo mentre viaggiamo verso casa appena cala il sole.

Ci fermiamo a mangiare un hamburger per cena, dando un po' di carne a Lucy e continuiamo verso casa. Questa volta sono completamente sveglia. Ho passato dei momenti magnifici con lui, ma sono preoccupata. Non so come comportarmi in una relazione. Quando è troppo? Ci sono confini?

Eli si ferma nel vialetto di casa mia e spegne il motore. «Prendo la tua valigia.»

«Aspetta.»

Mi guarda con un'espressione interrogativa.

«Ho passato dei bei momenti. Grazie.»

«Anch'io. Sono felice che abbia funzionato. Avrebbe potuto ritorcersi contro di me, quella faccenda del rapimento. D'altro canto Audrey era d'accordo che era l'unico modo per riuscire ad averti da sola abbastanza a lungo da formare un vero legame.»

Ho il cuore in gola. «Beh, Audrey lo sa di certo.»

«Non arrabbiarti con lei. Ti conosce bene e mi ha detto che vuole che tu sia felice. Ovviamente pensava che l'idea di noi due insieme fosse una bella cosa, altrimenti non mi avrebbe aiutato.»

Mi bruciano gli occhi per le lacrime. Non piango quasi mai. Tranne che mi sento legata a lui e non ho mai pensato che avrei provato questa sensazione con nessuno. «Provo... dei sentimenti per te.»

«Jenna.» Eli appoggia la fronte sulla mia. «Lo so, ma grazie per averlo detto.»

Faccio una risatina. «È come se mi conoscessi o roba simile.» È un buon osservatore, ma immagino che sia normale per un poliziotto.

«E viceversa, spero.»

Lo bacio. «Vuoi passare qui la notte oppure è troppo...»

«Mi piacerebbe. Prendo Lucy.» Scende dall'auto, fa scendere Lucy dal sedile posteriore, prende la mia valigia e mi segue di sopra.

Lucy annusa intorno nel mio soggiorno prima di sistemarsi sul tappeto accanto al divano.

Mi volto verso Eli. «Allora, siamo qui.» In qualche modo sembra diverso tra di noi e non so come procedere.

Lui mi prende la mano e mi accompagna in camera, chiudendo la porta alle nostre spalle. «Niente testimoni canini.»

Sorrido. «Solo noi.»

Allunghiamo le mani allo stesso tempo, e questa volta non ci sono esitazioni. Solo baci famelici, calore vorace che diventa un inferno. Cadiamo sul letto per una cavalcata al cardiopalma.

E quando finiamo, lui mi tiene abbracciata contro il suo fianco, con il petto che sale e scende mentre riprende fiato.

Ho la mente che galoppa pensando a che cosa succederà dopo. Eli e io siamo veramente una coppia, in una relazione seria? Dovrei confessarlo a Sydney? Parte di me ritiene che questa cosa tra di noi sia troppo fragile per esporla al mondo.

Fisso il suo profilo, l'angolo della mandibola virile, il modo in cui le ciglia si appoggiamo alle guance quando chiude gli occhi. «Quindi immagino che stiamo insieme?»

Lui mi bacia i capelli. «Verrò a prenderti sabato per cenare e ballare all'Happy Endings.»

Sembra così semplice, così divertente. Ed è a Clover Park, quindi sarà più facile mantenere il segreto. Niente occhi che giudicano come a Summerdale.

Eli apre gli occhi e si volta verso di me. «Okay?»

«Sì, è okay. Abbiamo un appuntamento.»

Ci deve essere un accenno di ansia nella mia voce perché Eli rotola sopra di me e mi parla all'orecchio. «Non preoccuparti, sarò gentile.»

Gli afferro le spalle. «Possiamo farlo solo se sarà in segreto.»

Lui solleva la testa. «Non credo che sia una buona idea.»

«Dobbiamo.»

Lui esita, guardandomi. «Solo per poco.»

Distolgo lo sguardo.

Eli mi prende il mento e mi obbliga a guardarlo. «I segreti non durano mai a lungo. Non c'è motivo per agire di nascosto.»

Cerco di spingerlo via, ma non si sposta. «Sì, c'è.»

Lui mi afferra una delle mani con cui lo sto spingendo e bacia il palmo. «Non funzionerà per molto. Lo capisci, vero?»

Chissà quanto durerà questa cosa tra di noi? Se sarà una cosa breve, non c'è motivo di causare una rottura tra Sydney e me. Sto facendo un pauroso salto nel vuoto anche solo accettando un appuntamento.

Eli mi mordicchia il labbro inferiore. «Devo veramente dire una cosa ovvia? Tu sei la donna più bella e sexy che abbia mai incontrato e non ho ancora finito con te.»

Si abbassa su di me, baciandomi, assaggiandomi, accarezzandomi. La mia resistenza svanisce in un mare di estasi e piacere.

Il resto della settimana vola tra il lavoro e le mie responsabilità nel comitato della fiera. Ci incontriamo il martedì sera e questa settimana avevo saltato l'incontro perché stavo viaggiando verso casa con Eli. Poi ci sono state parecchie e-mail e telefonate per mettermi al corrente. Il comitato è composto dai negozianti locali, il sindaco, con cui sono cresciuta, Eli e qualche cittadino interessato, tra cui il Generale Joan che ha reclutato la banda jazz della scuola superiore per suonare alla maratona di danza. Dovrebbe essere interessante. Balleremo lo swing?

Ehi, stasera ballerò. Lo stomaco sfarfalla al pensiero, al pensiero di rivedere Eli. Mi metto il rossetto rosso vivo. Sono ancora un po' sotto shock per come le cose sono progredite, dal rapimento al legame che abbiamo formato. Non mi sono mai sentita così con un uomo. E sono eccitata anche all'idea di ballare. Ad Audrey non piace frequentare i club e Sydney lavora sempre nel suo ristorante durante i fine settimana.

Uno spruzzo del profumo che mi piace. È floreale con un accenno di vaniglia. Agli uomini piace e anche a me. Indosso un maglioncino a collo alto nero, una minigonna di velluto verde e stivaletti alla caviglia.

Eli suona il campanello con qualche minuto di anticipo. Mi metto una mano sul cuore, sorpresa per come si sia messo a battere in fretta. Non è il primo appuntamento, dopotutto. Dovrei essere un po' più calma al pensiero di rivederlo.

Prendo la pochette nera e apro la porta. «Salve.»

Lui mi guarda dai capelli alle labbra rosse, una lenta ispezione di quello che indosso. «Molto carino» mormora e sento il timbro profondo della sua voce fino alle dita dei piedi. Il suo sguardo torna lentamente verso l'alto, arrivando finalmente ai miei occhi. «Bella.»

«Grazie.»

Si china a baciarmi la guancia. Ha un profumo fantastico, fresco e pulito, i capelli sono ancora umidi dopo la doccia. E indossa una giacca di pelle nera su una t-shirt anch'essa nera e i jeans, che evidenziano l'aspetto da bravo ragazzo, ma con quell'accenno di selvaggio che mi piace da morire. «Pronta?» mi chiede.

Annuisco e usciamo.

Quando arriviamo alla sua auto controllo il paraurti. L'hanno riparato questa settimana. Grazie al cielo l'assicurazione ha coperto tutto tranne la franchigia. «Hanno fatto un buon lavoro sulla tua auto. Sembra nuova.»

Lui fa una smorfia. «Non proprio, ma quasi. Sloane mi ha detto che porterai la tua auto la settimana prossima.»

«Sì. Ho immaginato che sia meglio, per ragioni di sicurezza.» Ho intenzione di addebitare l'importo sulla carta di credito e pagare il minimo ogni settimana. Un giorno riuscirò a pagare il saldo. Ci vuole tempo perché una nuova impresa come la mia prosperi.

Mi apre la portiera della Mustang. Provo un brivido perché adesso sembra che siamo veramente una coppia.

Scivolo sul sedile di pelle e lui chiude la portiera. Forse mi rilasserò quando saremo a Clover Park. Appena sale in auto, gli dico: «Andavo all'Happy Endings da ragazzina, quando si chiamava ancora Garner's».

«Ti piaceva?»

«Sì.» La sua auto ha ancora l'odore speciale delle auto nuove. «Mi dispiace veramente di aver ammaccato la tua auto nuova.»

«Anche a me, ma Trixie e io ci siamo ripresi.»

«È la prima volta in cui ti sento chiamare la tua auto per nome. Adesso il fatto di averla danneggiata sembra ancora più personale. Dai sempre un nome alle tue auto?»

«Certo, non lo fanno tutti?» L'accende e il motore ruggisce. «Ho aspettato prima di dare un nome a questa, e guarda che cos'è successo.»

«Io non ho mai dato un nome alle mie auto. Nemmeno una volta.»

Eli percorre le stradine laterali, diretto alla Route 15 che porta a Clover Park. «Beh, dovresti. La tua auto potrebbe trattarti meglio invece di farti tamponare.»

«È stato l'errore dell'utente.»

«Indubbiamente»

Si immette nella Route 15 e accelera. Devo ammettere che è bello viaggiare sulla Mustang.

«Allora, Jenna, raccontami di te. Hai mai avuto una relazione seria, qualche problema che dovrei conoscere? Ex che possono sbucare fuori dal nulla?»

«Wow. Siamo passati subito alle cose serie. Se stiamo

facendoci le domande, mi piacerebbe veramente sapere che cosa c'era scritto in quel biglietto che ha fatto sì che mi evitassi per un anno.»

«Giusto» dice stando al gioco. «Non ho bisogno di sapere delle tue passate relazioni.»

Rido. «Non poteva essere così male. Le rose sono rosse, le viole sono blu, inserire una rima da adolescente?»

Lui si schiarisce la voce. «Non lo ricordo con esattezza. È passato tanto tempo.»

Lo fisso. Ha quell'espressione imperscrutabile che è così bravo a mantenere. Sono sospettosa, ma lascio perdere. «Dato che tu non hai intenzione di parlarmi di quello, dimmi qualcosa delle *tue* passate relazioni.»

«Mi sembra un po' unilaterale. Ho solo bisogno di sapere se a un certo punto avrò bisogno di usare le mie mosse da ninja con uno dei tuoi ex.»

«Non ti devi preoccupare» dico sorridendo. «Non ho mai permesso che le cose arrivassero a quel punto, per mia scelta.»

«Che cosa significa "fino a quel punto"?»

«Intendo dire arrivare a una relazione seria. Niente di più duraturo di un mese dopo il college e, secondo la rivista degli ex alunni, lui ora è sposato.»

Eli inarca le sopracciglia. «Uhm, okay. Immagino che tocchi a me. Sai già di Beatrice. Ho frequentato delle donne, ma niente di duraturo, semplicemente non avevamo abbastanza in comune, ma sono stato con Rebecca per cinque mesi. Temo di averle spezzato il cuore quando l'ho lasciata.»

«Perché l'hai lasciata?»

«Semplicemente non ero felice. Non mi eccitava il pensiero di vederla. Inoltre si lamentava un sacco.»

«Quindi hai scaricato una piagnucolosa. Non posso biasimarti.»

«Adesso è sposata. Quindi tu e io cominciamo entrambi da zero. Niente bagagli, niente ex che minacciano di saltare fuori.»

«Immagino di sì.»

«Posizione sessuale preferita?»

Lo guardo sorpresa.

Lui sogghigna.

Gli stringo la gamba. «Dovrai scoprirlo da solo.»

Lui mi afferra la mano e mi bacia le nocche. «È il modo che preferisco.»

Siamo seduti in un separè accanto alla vetrina anteriore dell'-Happy Endings che dà sulla Main Street, una strada alberata con molti negozi carini. Happy Endings è un bar-ristorante con una sala per il ballo e un paio di tavoli da biliardo. Dopo una cena deliziosa, pollo fritto e purè di patate, Eli mi chiede se voglio fare una passeggiata dopo aver mangiato.

«Certamente, devo bruciare un po' della calorie del pollo fritto.»

«Bene, perché non accendono il jukebox nella sala da ballo fino alle nove.»

«Un jukebox?»

«Sì, è figo. Una macchina vintage che suona i vinili.»

Esco dal separè. «Non ha molto l'aria di un club.»

Lui mi segue. «No, si riesce a parlare e non c'è una macchina per il fumo ad annebbiare l'ambiente.»

«Dovrebbe essere interessante.»

Lui mi mette la mano sulla schiena e mi guida verso la porta. Sento il calore nel punto in cui mi sta toccando e di colpo desidero quelle mani grandi sulla pelle. «Io vengo qua regolarmente. È un bel posto per incontrare gente perché ci si può veramente vedere e parlare.»

«Ci imbatteremo in una delle tue ex?» gli chiedo girando la testa.

Lui apre la porta per me. «Non le noterei, visto che sono con te.»

Quasi inciampo uscendo, ma Eli mi afferra il braccio, mantenendomi in equilibrio. *Le cose che dice.*

Cominciamo a camminare lungo la strada. Sono a malapena conscia di quello che mi circonda, tanto è profondo lo stato di sognante meraviglia che Eli riesce a creare.

Una coppia che sembra felice viene verso di noi, leccando dei coni gelato. C'è qualcosa di familiare in loro.

Strizzo gli occhi e poi mi blocco, afferrando il braccio di Eli per fermarlo.

«Che c'è?»

Lo stringo più forte, con il cuore che mi batte nelle orecchie. «I miei genitori. Qui.» Devono essere appena usciti da Shane's Scoops. Mio Dio, sembra che stiano avendo un appuntamento. Dopo la guerra che è stato il loro divorzio e tutti i disastri che ha causato, stanno avendo un appuntamento?

La mia vista si concentra sulle loro facce sorridenti, il resto del mondo sparisce. Fingo di non vederli o li saluto?

«Jenna» mi chiama mia madre. «Che sorpresa! Non sapevo che venissi qui. Ricordi che facevamo il brunch da Garner's quando voi ragazze eravate piccole? Beh, si chiama Happy Endings adesso, ma servono ancora il brunch.»

Brunch? Sta parlando di brunch? No, impossibile.

«Eli?» chiede mia madre quando si avvicina. Non lo vede da parecchio, dato che si era trasferita quando ero partita per il college. Aveva venduto la nostra casa e si era trasferita in un appartamento. Non a Clover Park, oltretutto. È troppo assurdo imbattersi in loro qui.

Eli le tende la mano. «Sì, signora. È bello rivederla.» Stringe la mano anche a mio padre.

Ho la bocca secca. «Che cosa sta succedendo?»

I miei genitori si guardano con un'aria innocente prima di rivolgersi di nuovo a me. «Abbiamo ripreso i contatti» dice la mamma con un sorriso.

«Evie si è trasferita in California per lavoro e mi mancava» dice papà. «Mi sono messo in contatto con tua madre per parlarne. Abbiamo entrambi la casa vuota adesso. Comunque...» Le prende la mano. «... Abbiamo fatto una bella chiacchierata.»

«E abbiamo deciso di perdonare e dimenticare» dice la mamma.

«Perdonare e dimenticare» ripeto incredula. *Dopo l'inferno che hanno fatto passare a Evie e a me?*

La mamma dà un'occhiata a Eli prima di dirmi: «Dovremmo parlare. Ti chiamerò».

Alzo una mano. «Devo andare.» Tiro la mano di Eli, voltandomi e tornando a passo veloce da dove eravamo venuti. «Scordati il ballo. Io vado al bar.»

«È stato strano.»

«Credi? I miei genitori che si frequentano. Non quello che si vede dopo un divorzio infernale.»

Mi dirigo al bar appena entriamo all'Happy Endings. Il barista, un tizio sui trenta dall'aspetto rilassato con capelli castani arruffati e un velo di barba, in camicia di flanella e jeans, mi rivolge un sorriso. «Che cosa posso darti?»

Mi siedo su uno sgabello. «Due tequila, e continua a portarle.»

Eli mi raggiunge. «Stai bene?»

«Non riesco a crederci. Dopo aver distrutto la mia infanzia, fatto a pezzi la mia famiglia, dato via il mio cane...» Mi manca la voce. Non mi meraviglia di essere così incasinata quando si tratta di relazioni.

Eli mi mette un braccio sulle spalle e mi tira vicina. Sono troppo furiosa per piangere, ma lascio che mi tenga per un po' prima di staccarmi.

Arrivano i miei drink, butto giù la prima tequila e allungo la mano verso il secondo bicchierino. Eli me lo toglie di mano.

«Questo porta il mio nome» dice, bevendo.

«Ehi, Josh, possiamo avere altre due birre?» chiede un tizio di bell'aspetto, dai capelli scuri, e la pelle olivastra dall'altra parte del bar. È seduto con un tizio dai capelli color sabbia e una t-shirt con la scritta Elegant Land Design.

«Arrivano, Rico.» Josh prepara le birre ma penso davvero che la mia tequila dovrebbe avere la precedenza.

«Quando li avrai serviti, possiamo avere un altro paio shot di tequila?» chiedo a Josh.

«Per me solo acqua» gli dice Eli. «Devo guidare.»

Josh inclina la testa. «Certo.»

Porta le birre ai clienti e torna da noi, prendendo i bicchierini vuoti e mettendoli sotto il bancone.

«Papà!» strilla una ragazzina correndo verso il bar. Sembra avere sui cinque anni, con i capelli castano dorato che le ricadono sulle spalle, un pigiama rosa a pois bianchi e le sneakers.

La faccia di Josh si illumina. «Mackenzie, la mia ragazza.» Fa il giro del bancone e la solleva per aria, dicendo oltre la sua spalla: «Cooper the Super! Hailey, la mia principessa guerriera. Che cosa ci fate qui, quando è ora di andare a letto?».

«Volevano vedere papà prima della storia della buonanotte» dice la mamma principessa guerriera. È una stupenda bionda, ha un bambino appoggiato sul fianco con gli stessi capelli castano dorati di sua sorella. Indossa un pigiamino di Superman, completo di mantello. Probabilmente è sui tre anni. La mamma non sembra vestire come una tipica mamma di periferia. Sembra sia appena scesa da una passerella, col suo abito a portafogli blu scuro aderente e stivali di pelle nera al ginocchio.

«Io, io» dice Cooper.

Josh rimette a terra Mackenzie e solleva Cooper, facendolo volare sotto un braccio in un veloce cerchio. Il bambino ride mentre vola intorno. Josh lo rimette a terra, sorride a sua moglie mormorando qualcosa a bassa voce.

Hailey sorride, avvicinandosi e parlandogli dolcemente.

Mi si stringe la gola vedendo questa famiglia felice. Adesso Josh ha un bambino appeso a ogni braccio mentre ascolta sua moglie. *La mia famiglia è mai stata così felice?*

Altra gente si avvicina al bar.

Josh guarda indietro. «Hailey, devo...»

Hailey annuisce. «Ti lascio tornare al lavoro. Dite buonanotte a papà.»

«Buonanotte, papà» urla Cooper.

«Non così forte, Coop» dice Hailey.

«Buonanotte, papà» sussurra Cooper, e poi urla: «Ciao!»

lanciandosi attraverso il retro del ristorante, diretto alla porta della cucina. La sua mamma lo rincorre.

Eli mi sussurra all'orecchio: «Quel ragazzino mi ricorda me».

Sorrido. «Stavo pensando la stessa cosa.»

Mackenzie sbuffa, mettendosi una mano sul fianco. «Scappa sempre, papà. Dobbiamo mettergli un guinzaglio, come a Rose e Max.»

«Tuo fratello non è un cane» dice Josh ridacchiando e arruffandole i capelli. «Aspetta che la mamma torni con lui.»

Un momento dopo, Hailey torna, con i capelli in disordine e il vestito un po' di traverso, Cooper stretto al sicuro sul fianco. «Si stava arrampicando sul bancone della cucina perché voleva aiutare a preparare l'insalata.»

«Alla mamma piace l'insalata» dice Cooper come se fosse ovvio il motivo per cui doveva arrampicarsi sul bancone.

Josh scuote la testa. «Cooper, tu resta fuori dalla cucina del ristorante a meno che con te ci siano la mamma o il papà.»

Cooper assume un'espressione solenne. «Okay.»

«Ciao, papà» dice Mackenzie.

«Ciao, nanerottola» le risponde Josh.

Mackenzie saltella da sua madre e le prende la mano.

Sento il petto stretto. Non sarebbe meraviglioso avere un marito amorevole e bambini felici che sorridono? Non so assolutamente come abbia fatto questa coppia a farlo succedere, ma una parte di me è gelosa del fatto che abbia il tipo di famiglia che ho sempre desiderato da bambina. Ovviamente quel sogno è morto tanto tempo fa, quando mi sono confrontata con la realtà. Quello che hanno è raro.

Josh va dietro il bancone e ricomincia a preparare i drink. Fortunatamente si è ricordato che toccava a noi e ci serve i drink prima di passare agli altri clienti.

Eli e io facciamo cin-cin con i bicchieri. Io butto giù il mio shot e lui beve un sorso d'acqua, osservandomi da sopra il bordo del bicchiere.

«Famiglia felice» sussurro.

Lui si china verso di me. «Così sembra.»

«La tua famiglia era felice prima che morisse tua madre. Lo ricordo.»

Lui diventa serio e rimpiango immediatamente le mie parole. Gli metto una mano sul petto. «Mi dispiace, non avrei dovuto dirlo.» Sono sicura che non voglia sentirsi ricordare la morte di sua madre. Cavoli, che cos'ho che non va?

«Va tutto bene» dice, mettendo la mano sopra la mia e tenendola appoggiata al petto. «I miei genitori erano molto uniti. Sapevamo che ci volevano bene. Spero di avere lo stesso tipo di rapporto, un giorno.»

Tolgo la mano, con la mente di colpo piena di orribili segnali di avvertimento, un ronzio da nido di vespe. Ci sono dentro fino al collo con Eli. I drammi dei miei genitori sono troppo freschi nella mia mente. Faccio segno a Josh. «Un'altra tequila, per favore.»

Grosso errore.

Qualche minuto dopo aver finito il drink, la mia lieve sbronza diventa disperazione, sono di nuovo distrutta dalla mia famiglia incasinata. Dico a Eli di portarmi a casa.

Poi, durante il viaggio per tornare a casa, gli confesso tutto lo sfasciume cui avevano sottoposto me e mia sorella. Finisco il racconto proprio mentre entriamo nel mio vialetto.

Eli resta in silenzio.

Sa *tutto*. Quanto mi abbiano incasinato i miei genitori, come mi abbiano portato via mia sorella, come avevo perso il cane che amavo.

Non lo sopporto. «Non mi sento bene. Dovresti andare.»

L'appuntamento è ufficialmente rovinato. Insieme a qualunque inizio di relazione avessimo. È troppo tardi. Non posso rimangiarmi la mia orribile confessione.

Scendo dall'auto e vado alla cieca verso le scale che conducono al mio appartamento, con le lacrime che mi impediscono di vedere. Eli mi passa all'improvviso un braccio intorno alla vita, accompagnandomi.

Spingo via il braccio, e lui lo rimette dov'era, guidandomi di sopra. Non trovo la forza di resistergli.

11

Mi sveglio completamente vestita, nel mio letto, con un mal di testa infernale da dopo sbronza. Mi rendo lentamente conto del calore, sposto il braccio ed entro in contatto con un grosso corpo maschile al mio fianco. Eli. Sbircio sotto le coperte. Lui indossa solo i boxer azzurri.

Mi torna di colpo in mente ieri sera, quando ho visto i miei genitori insieme, poi ho bevuto troppo e ho raccontato tutta la storia a Eli, tutti i cruenti dettagli che non ho mai raccontato a nessun uomo. Mi copro la faccia con le mani, sono oltre il semplice imbarazzo. Non riesco a credere che abbia passato qui la notte dopo tutto quello che gli ho detto. Probabilmente voleva aspettare che il mio tasso alcolico scendesse prima di farmi gentilmente sapere che non prova più le stesse cose per me. Non avrei mai dovuto permettere che le cose arrivassero a questo punto. Non so che cosa stessi pensando. Non stavo pensando, è quello il problema.

Lascio cadere le mani, tenendo gli occhi chiusi. I miei genitori erano così tranquilli mentre parlavano di essere tornati insieme. Dimostra solo che non ci si può fidare della gente. Non hanno mai riconosciuto né dato peso al danno che hanno fatto. Non credo che sarò in grado di salvare il rapporto con Eli, con tutto il casino che ho in testa e il modo in cui mi deve vedere adesso. È risibile che abbia mai potuto vedermi come

la ragazza dei suoi sogni. Dio, che schifo. Lui mi piace tantissimo e stavo appena cominciando a sperare.

Mi strofino le tempie. Il mal di testa mi sta uccidendo.

Lentamente mi metto seduta, spingendo via i capelli arruffati dalla faccia. Eli rotola sulla schiena, con il petto nudo
dove finisce il lenzuolo, mettendo in mostra i muscoli definiti
delle spalle e i pettorali. Mi mancheranno. Mi mancherà lui.
Perché ho rovinato tutto parlandogli delle parti brutte della
mia vita?

Metto le gambe fuori dal letto e mi alzo lentamente. Sento
la lingua impastata. Vado lentamente in bagno e mi preparo al
rallentatore in modo da non muovere la testa, inclusa una
lunga sessione di sciacquo con il collutorio, prima di andare
in cucina a prendere dell'acqua e un antidolorifico. *Perché
tengo i farmaci in cucina invece del bagno?* Una domanda cui
risponderà una Jenna senza i sintomi del dopo sbronza.
Probabilmente per mancanza di spazio.

«Ehi, come ti senti?» chiede Eli.

Mi fermo di colpo. È qui, nella mia cucina, completamente
vestito con la t-shirt nera e i jeans di ieri sera, e la macchina
del caffè in funzione dietro di lui. *Quanto sono rimasta in
bagno?*

«Caffè» sussurro. «Dio ti benedica.»

Lui mi studia, con un'espressione seria. «Immagino che tu
stia piuttosto male.»

Annuisco e lo rimpiango immediatamente. Prendo un
paio di pillole e mi appoggio al ripiano, ingurgitando acqua.
E poi mi servo il caffè, aggiungendo un cubetto di zucchero
dal contenitore che tengo sul ripiano. Sarà difficile, ma devo
affrontare la sera scorsa alla luce del giorno.

Avvolgo le mani intorno alla pesante tazza bianca e bevo
un sorso per fortificarmi. «Eli, mi imbarazza da morire il fatto
che tu mi abbia visto in quel modo ieri sera. E mi dispiace
anche di averti scaricato addosso tutto quello sfasciume.»

La sua voce è dolce, i suoi occhi nocciola pieni di preoccupazione. «Sei triste quando sei ubriaca. Dev'essere stato uno
shock vedere i tuoi genitori insieme dopo il loro difficile

divorzio. Ho sentito di gente che divorzia e risposa la stessa persona più volte.»

Lo guardo, sorpresa di sentirlo. «Non si sposeranno sicuramente di nuovo.»

«Immagino che siano loro il motivo per cui non vuoi sposarti. Hai detto di non aver avuto relazioni serie, quindi so che non è per via di un ex che l'hai deciso.»

Mi tremano le labbra. È così intuitivo e intelligente, ha messo insieme tutti i pezzi del puzzle. La conclusione ovvia è l'elefante nella stanza: vuole sposarsi un giorno, proprio come i suoi genitori, sua sorella e il fratello e merita di stare con qualcuno che vuole la stessa cosa. È quello che intende Sydney dicendo che non siamo fatti l'uno per l'altra. È stato stupido da parte mia fingere il contrario perché adesso fa troppo male mettere fine a tutto.

Eli appoggia la sua tazza sul ripiano. «Jenna» dice gentilmente.

Non riesco a sopportare di sentirglielo dire con la sua voce dolce, quindi lo anticipo. «È stato un errore. Non credo che dovremmo più vederci. Vogliamo cose diverse e non è giusto nei tuoi confronti.»

«Quali cose diverse?»

«Tu meriti qualcuno che possa darti tutto: sai, una casa con una moglie e i figli.» Mi si spezza la voce. «Qualcuno come Brooke.»

«Vuoi smetterla di tirare in ballo Brooke?» sbotta Eli. «Solo perché Sydney vuole accoppiarmi con lei non significa che io la voglia. L'ho incontrata *una volta*, al matrimonio di Sydney.»

Faccio una smorfia, il volume della sua voce è troppo alto. «Scusami, ma sai che cosa intendo dire. Qualcuno come lei, qualcuno che non sia stato traumatizzato.» Deglutisco il groppo che ho in gola. «È finita.»

«Perché? Dammi un buon motivo.»

Sembra arrabbiato. *Non capisce che sto solo cercando di risparmiargli un dolore futuro?*

«Perché non sono quello di cui hai bisogno.»

I suoi occhi lampeggiano. «Perché devi decidere tu quello di cui ho bisogno? Come fai a saperlo?»

Appoggio la mia tazza. «Non capisci che è l'unico modo? Non voglio ferirti.»

«Troppo tardi.» Esce dalla cucina, si ferma, si volta. «Sai, non ti giudico per il fatto di avere genitori incasinati, ma penso che tu sia una codarda perché li stai usando come scusa per non stare con me.»

Quasi non riesco a parlare con l'emozione che mi blocca la gola. «Come osi? Ti ho detto *tutto* e tu lo stai usando contro di me.»

Lui scuote la testa. «No, è esattamente l'opposto. Sei tu che stai usando questa stronzata contro di *me*. È per questo che penso che tu sia una codarda.»

«Non sono una codarda!»

«Addio, Jenna.» Aggrotta per un attimo la fronte prima di voltarsi e uscire.

Un coacervo di pensieri mi affolla immediatamente la mente: i miei genitori insieme, non avere mia sorella nella mia vita, Eli che mi giudica così severamente dopo avergli confessato tutto. Mi porto le mani alla testa, cercando di imporre il silenzio. Ho bisogno di una doccia calda. Ci penserò dopo.

Solo che quando sono sotto il getto caldo, è il dolore negli occhi di Eli che non riesco a togliermi dalla mente.

Eli

La mattina dopo sono ancora incazzato. Jenna mi ha scaricato senza un buon motivo, dopo avermi chiesto di passare la notte con lei. Era ubriaca quando me l'ha chiesto, ma comunque... Le cose andavano alla grande tra di noi finché ha visto i suoi genitori e indovinate? Non hanno niente a che vedere con noi. La parte peggiore, quella che mi fa sentire come se stessi camminando con il cuore fuori dal petto che svolazza nel vento, è che questa cosa tra di noi è sempre stata sbilanciata. Non solo perché ho fantasticato di stare con Jenna fin da quando ero un adolescente, ma perché l'ho ammesso. Non avrei mai dovuto farlo. Il mio orgoglio è ferito almeno quanto il mio cuore.

Mio fratello minore, Caleb, entra in cucina, a torso nudo e senza scarpe, in jeans, per fare il suo solito frullato proteico. Condividiamo la casa in stile coloniale, a due piani, nella quale siamo cresciuti. Papà l'ha lasciata a tutti noi, ma Drew e Adam avevano già una casa loro e Sydney, per comodità, voleva vivere nell'appartamento sopra l'Horseman Inn. Ora vive con suo marito, Wyatt, dall'altra parte della città. Caleb ha anche un appartamento a New York, quindi va e viene a seconda di ciò che richiede il suo lavoro di modello. Lavora part-time anche nel dojo di nostro fratello Drew.

«Buongiorno» dice, allegro come al solito. È una di quelle persone nate con un'indole solare. Non c'è niente che lo butti giù. È per quello che attira le donne a frotte? È sempre stato così. Anche alle elementari aveva un codazzo di ragazzine che lo seguivano. Certo, è bello, con i capelli castano chiaro tagliati cortissimi e il volto sempre ben rasato e sorridente, ma non più degli altri Robinson. Sono piuttosto sicuro che sia qualcos'altro che attira le donne come un magnete. Io non ho bisogno di un harem. Voglio solo una donna che provi per me quello che provo per lei. Non è chiedere molto, vero?

«Buongiorno» borbotto. Il mio pitbull, Lucy, appoggia la testa alla mia gamba con la preoccupazione negli occhi marroni. È una bellezza, con un mantello marrone chiaro e una macchina bianca sul petto, le zampe anteriori e la cima del muso. Le accarezzo il fianco e lei si appoggia più pesantemente, confortandomi.

«Che succede?» chiede Caleb. «Sembri più scorbutico del solito, per essere mattino.»

«Niente.» Jenna e io non avevamo ancora resa pubblica la nostra relazione, quindi non posso dire in giro che c'era qualcosa tra di noi e che adesso è finita. Ero così sicuro che fosse l'inizio di qualcosa di reale. Era sconvolta quando ha detto basta, come se la addolorasse. E io l'ho chiamata codarda.

Mi passo le mani sui capelli. Forse avrei dovuto essere più paziente. Non ho mai dovuto affrontare un dramma familiare come aveva dovuto fare lei.

Caleb prende il cavolo riccio, carote e porri dal frigorifero. «Vuoi un frullato?»

Devo combattere la nausea a quel pensiero. «No, grazie. Mi basta il caffè.»

Butta tutto insieme con un po' di ghiaccio e il frullatore fa un baccano immondo mentre io continuo a rimuginare. Versa il frullato verde scuro in un grosso bicchiere e beve un lungo sorso, fissandomi sopra il bordo.

Ho finito il caffè e dovrei prepararmi per andare a lavorare, ma mi attardo. Non ho bisogno dei consigli del mio fratellino, ma questa faccenda con Jenna è un puzzle che devo risolvere.

«Non ti sto chiedendo un consiglio» dico, riflettendo attentamente sulle mie parole.

Caleb mi fa segno di continuare, agitando le dita e appoggiandosi al ripiano. «Sputa.»

«C'è questa donna. Abbiamo passato dei bei momenti insieme, siamo usciti un po' di volte e poi lei mi ha scaricato.» Dalla finestra sopra il lavandino guardo le coloratissime foglie autunnali nel cortile, ricordando il nostro viaggio insieme. «Prima andava tutto benissimo.»

«Ha rotto senza motivo. Forse c'era un altro.»

«No, niente del genere. Aveva un problema di famiglia.»

Aveva fatto delle supposizioni su ciò che mi aspettavo, il nostro futuro, che non avessimo speranze. E poi mi ero risentito perché avevo ammesso quanto tenessi a lei. *La ragazza dei miei sogni.* Faccio una smorfia.

«E?» Caleb mi invita a continuare.

Fisso il tavolo, cercando di guardare la situazione da un'altra prospettiva. «Penso di essere finito in mezzo alla mischia.» Fisso i suoi occhi nocciola, così simili ai miei. Da allora non ho più parlato con Jenna. Forse anche lei è depressa come me. «Pensi che abbia reagito in modo esagerato e rimpianga di avere rotto con me?» Mi brucia tutta la faccia. Dio, sono patetico. È questo il problema di essere ossessionato da qualcuno per così tanto tempo. Sono sempre quello che insegue. Voglio che per una volta sia lei quella che insegue, per dimostrare che non sono solo io che provo sentimenti profondi e che sono impantanato in questa situazione.

Caleb scuote la testa. «Dubbioso. Ma chi lo sa. Io ho il problema opposto. Le donne voglioso restarmi appiccicate. È come se meno io voglio impegnarmi, più mi vogliono.» Non mi sembra troppo dispiaciuto.

«E non ti sei mai sentito come me prima d'ora?»

«No. La mia vita mi piace così com'è.» Ingurgita ancora un po' di quel frullato verde scuro. Forse sono le sostanze fitochimiche che attirano le donne. Non riesco a pensarci, nemmeno per Jenna. Disgustoso.

Jenna aveva detto di non avere mai avuto una relazione seria, per sua scelta. Comunque non posso fare a meno di voler essere quello che le fa cambiare idea. Varrebbe la pena di vederci di nuovo, giusto?

Fisso il tavolo. O forse sono troppo ossessionato da lei per vedere la cruda verità: non le piaccio quanto lei piace a me.

«È Jenna?» mi chiede Caleb.

Alzo di colpo la testa. «Come fai a saperlo?»

Lui sorride. «Ricorda che dividevamo una stanza. Ti ho visto che ti mettevi il profumo tutte le volte che veniva a casa nostra. Hai sempre avuto una cotta per lei. Inoltre la tua faccia si è illuminata quando mi hai parlato del tamponamento nel parcheggio, quasi come se ne fossi contento. Demente.»

Un fortunato incidente.

«Non ne sono stato contento.» Mi concentro sul caffè, senza realmente vederlo. «Certo che non ero contento.»

«Fai quello che faccio io. Volta pagina. Non prestarle attenzione. Se lei è interessata, verrà lei da te quando meno te lo aspetti.»

«Quindi devo lasciare che faccia lei una mossa.»

Caleb alza il bicchiere come per fare un brindisi. «Esattamente. Non c'è niente di peggio che dare la caccia a una donna che non vuole essere catturata.»

Si è avvicinato troppo al peggiore scenario della mia completa umiliazione. «E come fai a saperlo?»

Lui sogghigna. «Sono io quello a cui danno sempre la caccia.»

Jenna

Sono al mio tavolo al Fall Harvest Festival, un'intera settimana dopo aver messo fine alle cose con Eli e sono depressa da morire. L'ho ferito ed era l'ultima cosa che volevo. *Mi manca.*

Mi manca il suo sorriso caloroso, il suo atteggiamento sicuro di sé, il modo in cui mi fa sentire, come se fossi speciale. Ho dormito pochissimo. Passo troppo tempo rinchiusa nella mia testa, a rivedere tutto quello che ho fatto con Eli. Beh, adesso non posso cancellarlo. E non è cambiato niente, in effetti. Sto cercando di essere pratica, per il bene di entrambi. Non è un atto di codardia. È generosità. Se fossi egoista mi sarei aggrappata a lui il più a lungo possibile perché mi faceva sentire così bene, pur sapendo che sarebbe finita in una catastrofe.

È meglio così.

Cerco di concentrarmi su quello che c'è intorno. L'aria è piena del delizioso profumo dei biscotti al doppio cioccolato appena sfornati, insieme all'odore di hamburger, hot dog e pollo dalla tenda vicina gestita dall'Horseman Inn. È l'ultimo sabato di settembre e c'è una bella folla in questa splendida giornata d'autunno. L'aria è fresca, il cielo di un azzurro perfetto con piccole nuvole bianche vaporose e ci sono le foglie autunnali sia sopra di noi sia per terra.

I bambini corrono sulle foglie con le facce dipinte, fermandosi alle varie tende e ai tavoli dei negozianti locali, della biblioteca e di qualche artigiano locale. Nel prato accanto alla chiesa presbiteriana sono stati allestiti giochi per i bambini: un castello e uno scivolo gonfiabili. C'è anche un campo giochi per i più piccoli, parte della scuola materna della chiesa. Le loro risate mi risollevano lo spirito.

Summerdale ha due chiese: quella presbiteriana e quella episcopale, ai lati opposti della Peaceable Lane con due scuole rivali. La gente dice che la scuola presbiteriana è severa e che la materna di quella episcopale è gestita da un gruppo di aspiranti hippie. Si iscrivono i figli a seconda della personalità. La famiglia di Sydney ha frequentato la scuola presbiteriana perché sua madre apparteneva a quella chiesa. Sydney ha sempre detto che ci sarebbero state molte meno telefonate a casa a sua madre per Eli e Caleb se li avesse iscritti alla versione hippie della scuola materna. Ah, Eli il piantagrane.

Eli la brava persona.

Maledizione, mi manca troppo.

I clienti mi aspettano! Servo brownie e biscotti a un paio di giovani famiglie. Arriva un gruppetto di ragazzini più grandi, con le banconote strette in mano, pronti a divorare i miei dolci. Sono tutti di buon umore. Io cerco con tutte le mie forze di essere allegra, ricacciando in fondo il dolore. Probabilmente non mi aiuta il fatto che i miei genitori mi abbiano chiamato più volte questa settimana. Ho ignorato tutte le chiamate, non sono pronta ad affrontare il fatto che stiano uscendo insieme. Sono curiosa di sapere che cosa ne pensa mia sorella. È stata condizionata anche lei dal tiro alla fune sulla custodia e dalle sue conseguenze. Lei era stata obbligata a venire a trovare la mamma ed era rimasta in rapporti decenti. La mia famiglia è così incasinata.

Sento una voce familiare qui vicino. «Ragazze, scendete dall'albero. Non vogliamo che qualcuno si faccia male.»

Sento un colpo al cuore. Eli è a breve distanza, nella sua divisa blu e sta osservando due ragazzine che stanno scendendo da una piccola quercia. Apro la bocca per chiamarlo, ma lui si volta, continuando a camminare lungo le tende, tenendo d'occhio la situazione.

Lascio andare il fiato, di colpo sento il corpo così pesante che mi accascio sulla sedia pieghevole di metallo.

Un trio di ragazze corre verso il mio tavolo, con i contanti in mano. «Possiamo avere dei biscotti?» dicono in coro.

Annuisco e loro controllano tutto quello che c'è in mostra, chiacchierando tra di loro su cosa prendere. Avranno probabilmente nove anni e hanno mollette luccicanti nei capelli.

Mi alzo a torno ad aiutare i miei clienti. Mantenermi occupata è la migliore distrazione.

Passo ore a servire biscotti, cupcake e brownie mentre osservo il viavai nella fiera. Intravedo qualche volta Eli, sempre con la schiena voltata verso di me. Audrey è dall'altra parte della strada, davanti alla biblioteca, dove ha sistemato parecchi lunghi tavoli per la vendita di libri, copie usurate e libri provenienti perlopiù da donazioni. Sta facendo affari. Un gruppo di bambini sta saltando nel castello gonfiabile per poi correre verso lo scivolo. I giochi sono popolari per le famiglie con i figli piccoli. C'è una piccola piscina per la pesca dei pesci magnetici, sabbia colorata per comporre disegni e un gioco da fare con i lecca-lecca, in cui se ne deve scegliere uno da una grande tavola di legno per vincere un premio secondo il numero scritto sul bastoncino. Sembra che tutti lascino il gioco con un lecca-lecca in mano.

Ricordo di aver giocato così da piccola, tenendo per mano la mia sorellina per poi correre in giro con Sydney, Audrey e Harper. Summerdale è un bel posto per crescere, un gran bel posto per crescere dei figli. Poca criminalità, qualità della vita molto alta. Piste ciclabili che attraversano tutta la comunità, intorno al lago e lungo ogni strada. Purché non si avventuri sulla Route 15, un bambino può praticamente andare dovunque.

Saluto Sydney nella tenda accanto agitando una mano, ma sta servendo il cibo dell'Horseman Inn ed è troppo occupata per notarmi.

Un gruppo di sei ragazzi adolescenti si affolla davanti al mio tavolo, ridono e si prendono a gomitate. Riconosco Chris, è uno dei lavapiatti dell'Horseman Inn. Bravo ragazzo.

Sorrido. «Ehi, Chris e amici, che cosa posso darvi?»

Parla un ragazzo con i capelli rossi. «Sei tu quello che

lavora, Chris. Dovresti offrire tu.»

«Ti ho detto che sto risparmiando per comprare un'auto» risponde Chris. «Un biscotto al doppio cioccolato, per favore e una bottiglietta d'acqua.»

Lo servo, prendo i suoi sudati guadagni e poi aiuto i suoi amici a scegliere. Comprano un sacco di biscotti. Dovrò tornare in negozio a rifornirmi di quelli con le gocce di cioccolato, una volta che finirà la fila. Guardo il mio prossimo cliente e mi blocco.

I ragazzi, grandi e grossi, avevano nascosto i miei genitori. Si tengono per mano, apparentemente sono in fila per vedere me.

«Qualunque cosa sia, no. Sono occupata.»

«Abbiamo cercato di chiamarti, ma non rispondi alle nostre telefonate» dice la mamma.

Cerco di respirare, ma non ci riesco. Sento fortissimo il battito del cuore nelle orecchie. «Non ci sto. Non voglio sentirvi dire che state insieme e decisamente non voglio vederlo.»

«Ma, Jenna, stiamo per risposarci» dice papà.

Nelle orecchie mi risuona un sibilo acutissimo che cancella tutti gli altri rumori. La mamma sta muovendo la bocca, ma non sento niente. Il mondo si muove davanti ai miei occhi e poi tutto diventa nero.

Riprendo lentamente i sensi, sdraiata da qualche parte all'ombra. Sento la voce gentile di Audrey. «Svegliati, Jenna. Dai, tesoro, apri gli occhi.»

Mi concentro sui suoi dolci occhi azzurri. «Che cos'è successo?

«Hai ricevuto uno shock» dice mia madre dall'altro lato.

«Sei svenuta» dice Audrey.

Papà è accanto ai miei piedi e mi fissa con un'espressione preoccupata. Sono stesa su una barella, all'ombra di un'ambulanza.

Si avvicina Mike, uno dei nostri paramedici e la mamma si avvicina a papà, per lasciargli spazio. Mi concentro su Mike che mi fa qualche domanda di carattere medico. Sento i miei genitori che mi fissano.

Mi metto seduta. «Sto bene. Vi ringrazio per la premura. Ho solo dimenticato di pranzare.» Mi rivolgo ad Audrey. «Chi sta controllando il mio tavolo?»»

«Ho chiamato Cecilia.» È la mia assistente, che stava lavorando nel negozio. Se adesso è nella mia tenda, significa che il negozio è chiuso.

«Sto bene. Tornerò in negozio e lo riaprirò.»

«Verremo con te» dice papà. «Solo per assicurarci che tu stia bene.»

È colpa vostra se non sto bene!

Scendo dalla barella e afferro la spalla di Audrey per tenermi in equilibrio. «No, papà. Non è un buon momento.»

«Quando sarà un buon momento? Dicci quando e noi ci saremo.»

Che ne dite di mai?

«Devo tornare a lavorare.»

Audrey mi mette un braccio intorno alla vita, sia benedetta, anche se è venti centimetri più piccola di me. È più per dimostrare solidarietà che per aiutarmi fisicamente, mentre percorriamo il viale fino al mio negozio.

«Che diavolo sta succedendo ai tuoi genitori?» sussurra. «Di nuovo insieme dopo l'Armageddon? Si sono quasi distrutti a vicenda, e te con loro.»

«Giusto? L'ultima cosa che ricordo prima di svenire era che stavano per risposarsi.»

«Oddio!» Guarda indietro. «Ci stanno osservando. Gesù, sarei svenuta anch'io. Hai perso tua sorella e il tuo cane e praticamente tuo padre, visto le poche volte in cui l'hai incontrato, perché non riuscivano a smettere di fare cazzate e adesso vogliono risposarsi? È sbagliato, sbagliato, sbagliato!»

«Lo so.» È tutto quello che riesco a dire con la gola stretta, ma mi sento giustificata. La mia reazione non è esagerata. Audrey sa tutto. Qui c'è qualcosa di seriamente sbagliato.

Torniamo al mio negozio e vado dietro il bancone, cominciando già a sentirmi meglio. Qui è fresco, sono circondata dai miei profumi preferiti e dagli utensili da cucina e c'è un bancone come barriera se ne ho bisogno.

Audrey mi accompagna a uno sgabello dietro al bancone. «Dovresti restare qui seduta per un po'. So che non ci sarà tanta gente che passa qui davanti, con la fiera in corso.»

«Devo restare aperta, in ogni caso.» Mi siedo. «Comunque non preoccuparti. Non perderò di nuovo i sensi. Adesso sto bene. È stato solo lo shock e non dormo bene ultimamente, quindi non ho la solita energia.»

«A causa di Eli?» mi chiede gentilmente.

Annuisco. Le ho raccontato tutto quello che è successo. Era l'unica che sapeva che ci stavamo frequentando.

Audrey mi accarezza i capelli. «Non penso che dovresti partecipare alla maratona di danza. Quando la fiera terminerà, dovremmo fare una bella cena rilassante a casa. Porterò del vino e potremo restare tranquille.»

«Aud, è una raccolta fondi e sai che mi sono iscritta. Farò un breve pisolino dopo la chiusura e starò bene. Sarai con me e ci saranno anche Sydney e Kayla. Comunque i miei genitori non parteciperanno di sicuro. Sono troppo vecchi.»

Lei aggrotta le sopracciglia. «Non sono così vecchi. Hanno meno di cinquant'anni, no?»

Mi alzo, prendo un canovaccio e pulisco il bancone già pulito. «Sì, okay. Sono venuti qua solo per darmi la grande notizia. Ora che lo so, non c'è altro di cui discutere.»

«Prima o poi dovrai affrontarli.»

Strofino più forte. «Non voglio far parte di questa cosa di coppia e di certo non andrò al loro matrimonio. Non vale nemmeno la pena di parlarne. Per quanto mi riguarda, tutta questa faccenda non è mai successa.»

«Negarlo non ti servirà» dice Audrey sottovoce.

Appoggio lo strofinaccio. «Facciamo tutti quello che dobbiamo fare.» Faccio lampeggiare i denti in una parvenza di sorriso.

Audrey mi indica di sedermi di nuovo. Sbuffo ma obbedisco. Lei si china e mi bacia la fronte. «Sono qui per te, per qualunque cosa.»

Sbatto le palpebre per respingere le lacrime e annuisco.

«Starai bene, qui tutta da sola? Posso chiamare...»

Proprio in quel momento, Sydney si precipita dentro. «I tuoi genitori sono da manicomio! Vorrei versare loro addosso dell'acqua gelata e cacciarli dalla città a calci.»

Sorrido per la prima volta. «Sì, Aud, starò bene. Ci penserà Sydney a fare il lavoro sporco per me.»

Audrey sorride e va verso la porta, stringendo la spalla di Sydney quando le passa accanto. Audrey deve occuparsi della vendita dei libri che è una raccolta fondi per la biblioteca.

Sydney mi raggiunge dietro il bancone, piazzandosi le mani sui fianchi. «Farsi vivi qui e darti la notizia in quel modo!»

«In effetti, mi ero imbattuto in loro a Clover Park lo scorso fine settimana, e sembrava solo che avessero un appuntamento. Da allora mi hanno chiamata più volte, ma ho evitato di rispondere, quindi immagino che avrei dovuto aspettarmi che si sarebbero fatti vivi.»

«Sono furiosa per te» dice Sydney. «Non devi loro proprio niente. Non sprecare un solo minuto pensandoci.»

Le rivolgo un sorriso lacrimoso. «Ti voglio bene.»

«Ti voglio bene anch'io.» Fa una smorfia. «Che coraggio. Che cosa pensavano, che saresti stata contenta per loro?»

È così bello sapere che mi guarda le spalle, e anche Audrey. «Non so che cosa stessero pensando.»

Syd mi punta un dito addosso. «Mandami un messaggio se si fanno vivi di nuovo e io arrivo. Siamo un fronte unito contro un tentativo di intrusione.»

Rido per la frase buffa e lei mi mette un braccio sulle spalle, stringendomi.

«Sei la migliore» le dico.

«E non scordarlo. Sorelle a vita.»

Sbatto le palpebre per rimandare indietro le lacrime, ringraziando di nuovo il cielo per le mie amiche.

12

Sono contenta di aver fatto lo sforzo di partecipare alla maratona di ballo, nonostante gli avvenimenti di oggi perché
adesso sto divertendomi a ballare con le mie amiche. Mi sono
cambiata, indossando un abitino a trapezio giallo a disegni
floreali e scarpe nere dai tacchi alti. Grazie al cielo i miei genitori non ci sono. C'è Eli, però, senza uniforme, con una
camicia button-down azzurro chiaro, aperta sul collo, jeans e
mocassini. Non siamo mai riusciti a ballare insieme. Ha colto
il mio sguardo appena sono entrata, salutandomi con un
cenno della testa. Sono rimasta in dubbio se andare a salu-
tarlo, ma alla fine mi sono limitata a un cenno. Adesso è al
tavolo dei rinfreschi con il fratello minore, Caleb.

Il grande fienile rosso è decorato con lucine lungo il
soffitto oltre a oggetti che ricordano il raccolto autunnale.
All'entrata e in tre angoli ci sono grandi balle di paglia,
zucche e pannocchie. C'è perfino uno spaventapasseri che
indossa una camicia a quadri rossa e una tuta di jeans.
Nell'altro angolo è parcheggiata la band della scuola
superiore.

Tutti assecondano il Generale Joan, che sta gridando istru-
zioni nel megafono mentre sorveglia al centro la pista da
ballo, organizzandoci per il twist, lo swim e il salto del coniglio. Non ha la minima idea di come dare i comandi per la

quadriglia e non è riuscita a convincere il nostro insegnante di ginnastica, il signor Perez, a smettere per qualche giorno di fare il pensionato per fare gli onori.

Finalmente il Generale Joan fa una pausa quando la jazz band raccoglie i suoi strumenti per andarsene. Avevano solo un'ora di canzoni pronte da suonare per noi. Il loro maestro di musica ha una postazione da DJ già pronta e si sposta per far continuare la musica, suonando una canzone che adoro, con un ritmo veloce. Mi butto ed Eli e Caleb si uniscono a noi. Caleb si sposta vicino ad Audrey, che si muove in modo sensuale, ed Eli balla accanto a me. Sydney e Wyatt sono andati a prendere da bere con Kayla e Adam.

Mi sposto più vicina a lui, alzando la voce sopra la musica e tento di parlare con un tono amichevole. «Fuori servizio così presto?»

«Sì. Ho scelto il turno di giorno e il capo quello di sera. Di solito è il contrario, ma oggi c'era il battesimo della sua nipotina e non voleva mancare. Se qualcuno qui nel fienile esagera, può pensarci lui. Sta verificando le ultime notizie con il Generale. Lei sa tutto, vede tutto.»

Forse, dopotutto, possiamo restare amici.

Sorrido. «Non vedo che cosa potrebbe sfuggire di mano con il Generale che controlla.»

Diamo un'occhiata alla signora Ellis, seduta su una sedia pieghevole su una piattaforma elevata, che tiene d'occhio tutti mentre riporta le ultime notizie al Capo Daniels. Sembra una regina che sta sorvegliando i suoi sudditi.

Eli mi prende la mano e mi fa girare, poi mi tira vicino, ballando a un ritmo veloce un passo base prima di farmi fare un casquè. Squittisco, sorpresa, agitando le braccia.

Eli mi tira su, fissandomi negli occhi. Il mio corpo desidera il contatto. Il resto del mondo svanisce. Ci stiamo ancora muovendo, ma più lentamente, avvicinandoci.

«Più spazio tra voi due!» sbraita il Generale Joan nel suo megafono, fissandoci a occhi stretti.

Sobbalzo, cercando immediatamente Sydney con gli occhi. È troppo occupata a parlare e ridere con Wyatt, Kayla e Adam per far attenzione al Generale. Non dovrei sentirmi così in colpa. Era solo un ballo tra amici.

Eli si sposta dietro di me, continuando a ballare, probabilmente per nascondersi dal Generale.

Mi volto a guardarlo. «Sei un bravo ballerino.»

«Tu sei tutta braccia e gambe» mi risponde.

Fingo di essere offesa. «Non mi aspettavo quel casquè.»

Audrey appare al mio fianco, mi afferra il braccio e mi sussurra all'orecchio: «Ci sono i tuoi genitori. Stanno parlando con il DJ».

Borbotto un'imprecazione. Adesso ho due alternative: fingere che tutto vada bene o filarmela. Non voglio parlare del loro ridicolo matrimonio. Non esistono due persone meno compatibili, e si vogliono risposare!

Do un'occhiata. Probabilmente stanno chiedendo una sdolcinata canzone d'amore. Sento lo stomaco sottosopra, la bile che risale in gola. Sydney sta venendo verso di noi e questo significa che devo mantenere le distanze da Eli. Merda. *Che cosa devo fare, che cosa devo fare?*

Eli aggrotta le sopracciglia, preoccupato. Mi parla all'orecchio: «In questo momento sembra che ti piacerebbe essere rapita».

«Sì!»

Prendo il comando, girando intorno alla pista con Eli subito dietro. Riusciamo ad arrivare fino alle porte aperte prima di essere fermati da una severa signora Ellis, con le braccia incrociate. Ma questa volta nemmeno il Generale può mettersi in mezzo.

«Spero che non abbiate intenzione di nascondervi dietro il fienile» dice. «È un cattivo esempio da dare da parte di due membri così preminenti della società, specialmente un agente di polizia.» Ci fissa severa. «Ci sono dei bambini, sapete.»

Mi riporta ai miei anni da adolescente, quando uscivo di nascosto con i ragazzi. «Arrivederci, signora Ellis. Non dica ai miei genitori che mi sono comportata male. Stanno ballando e io me ne vado.»

Lei resta a bocca aperta. «I tuoi genitori? Insieme?»

«Disgustoso, vero?»

Non aspetto una risposta, le passo accanto a tutta velocità ed esco dal fienile, respirando una lunga boccata di aria fresca.

«Jenna!»

Mi volto ad affrontare Sydney, con il cuore che batte come un tamburo.

«Dove state andando?» mi chiede, guardando me e poi Eli. «Che cosa sta succedendo?»

Parlo in fretta. «Si sono fatti vivi i miei genitori. Sto solo prendendo un po' d'aria.»

«Con Eli?» chiede seccamente. «Che cosa...»

Eli la interrompe. «La porto a fare un giro in auto. Niente di meglio di un giretto su un'auto scoperta per schiarirsi la testa. Meglio che tu torni dentro prima che il Generale pensi che stiamo organizzando una festa qui fuori. Non possiamo dare il cattivo esempio ai bambini.»

Sydney non ride, invece si rivolge a me: «Posso portarti io a fare un giro».

«Non hai una convertibile» le dico. «Devo proprio andare prima che mi vedano.» Mi volto e attraverso a passo svelto il parcheggio, con Eli di fianco a me. Non oso dare un'occhiata alle mie spalle ma sento gli occhi di Sydney su di me. È solo un giretto in auto, non stiamo più insieme, ma una parte di me si sente come se l'avessi tradita non ammettendo ciò che era successo. Adesso non ne vale la pena.

Qualche minuto dopo siamo per strada. Eli apre il tettuccio per il giro attraverso una cittadina vicina, su strade tortuose, oltre allevamenti di cavalli e dolci colline verdi e una casa qua e là. Scuoto i capelli alla brezza. È fantastico. Esattamente ciò di cui avevo bisogno. Lentamente sento la tensione che scema.

Mi volto a guardare Eli. «Mi sembra di riuscire a respirare di nuovo.»

Lui sorride. «Bene, respirare è importante. Musica?»

«Sì!»

Eli accende la radio, scegliendo una stazione rock e

alzando il volume. Tamburello le dita a tempo di musica, ammirando la bellezza del sole al tramonto, fasce arancio e rosa attraverso il cielo, quando danno una canzone che mi spinge a cantare, *I want you to want me*, voglio che tu mi voglia, dei Cheap Trick.

Mi volto sorpresa perché anche Eli sta cantando con entusiasmo. Le parole di colpo assumono più significato. Vuole che io lo voglia ed è così. Davvero.

Dopo un po' abbassa la musica. «Sta diventando buio. Dove andiamo? Vuoi che ti lasci a casa oppure...»

«Sì, mi sembra okay.» So che è la cosa giusta da fare, anche se non voglio ancora che il tempo insieme finisca.

Lui diventa serio. «Certo, nessun problema.»

Fa manovra nel vialetto di qualcuno e volta l'auto verso Summerdale. Il divertimento è finito. Resto in silenzio per il resto della strada verso casa. Ho la mente in subbuglio, agitata per i miei genitori e tutto quello che mi hanno fatto passare, solo per tornare insieme. Mi riporta una rabbia gelida che non provavo da un po'.

Eli si ferma nel mio vialetto, spegne il motore e si volta verso di me. «Stai bene?»

«Sì, andrà tutto bene. Grazie per avermi permesso di scappare. Andrò domani a riprendere l'auto.»

«Potrei accompagnarti là adesso.»

«No. Non voglio rischiare di imbattermi nei miei genitori.»

«Okay.»

Ci guardiamo negli occhi per un momento, il desiderio che provo mi rende difficile smettere di guardarlo. *Sii forte.* Mi costringo a distogliere gli occhi. «Bene, buonanotte.» Apro la portiera dell'auto, ma qualcosa mi impedisce di scendere. Mi volto verso Eli. «Vuoi...»

«Sì.»

Rido. «Non sai nemmeno che cosa avessi intenzione di dire.»

«Mi piacerà qualunque cosa tu voglia offrirmi.»

Sorrido. «Okay, allora.»

Scendo dall'auto e lui mi raggiunge, seguendomi di sopra al mio appartamento. Appena entrati vado direttamente in cucina e lui mi segue.

«Va bene il vino?»

«Certo» risponde con gli occhi nocciola fissi nei miei.

Apro una bottiglia di Cabernet che tengo con la mia riserva di liquori. Eli si appoggia al ripiano e sono terribilmente conscia della sua presenza mentre prendo due bicchieri e verso il vino. *Che cosa sto facendo?*

Appoggio entrambe le mani sul ripiano della cucina, abbasso la testa e sospiro. «Stasera è stata dura. Non sono certa di essere una buona compagnia.»

Eli mi abbraccia da dietro ed è così bello lasciarglielo fare. «Lo capisco. Hai a che fare con dei problemi di famiglia.»

Non sono pronta a parlarne, quindi mi volto semplicemente tra le sue braccia e mi appoggio a lui. Per una volta non guardo un uomo dall'alto. Sono alta, ma, anche con i tacchi, stiamo ancora bene insieme

Alzo la testa, ricordando la canzone che abbiamo cantato a gran voce insieme. «Ti voglio, ma non voglio volerti. Noi...»

Eli mi bacia, interrompendomi. La mia resistenza si dilegua al piacere esaltante della bocca di Eli sulla mia. *Mi mancava.* Lui accarezza la mia guancia approfondendo il bacio. Gli afferro la camicia, tenendolo vicino. *Ne ho bisogno.*

Il bacio diventa appassionato. Eli mi solleva sul ripiano e io gli avvolgo le gambe intorno, slacciandogli in fretta i bottoni della camicia. Lui sposta la bocca sul mio collo e le mie dita annaspano quando mi morde dolcemente il tendine.

Il mio respiro diventa affannoso. «Eli.»

Lui solleva la testa e i nostri occhi si incontrano per un momento carico di tensione. Gli afferro la testa e lo bacio di nuovo. Non c'è altro che calore e puro desiderio. È il paradiso. Poi Eli mi solleva, portandomi in camera appiccicata a lui.

Ci spogliamo appena arrivati. Afferro un preservativo dal cassetto del comodino e glielo passo. Niente parole, niente false promesse. Solo ciò che vogliamo entrambi.

Poi salgo sul letto a carponi e lo aspetto.

Lui si mette dietro di me. «Accidenti, è una visione vera-mente sexy.» Mi penetra lentamente, premendo forte. Le mani grandi mi afferrano i fianchi e poi spinge sempre più forte e velocemente. Sto respirando in fretta, con la pressione che sale dentro di me.

Eli allunga una mano per strofinare il mio centro del piacere. Non ci sono altro che sensazioni, la sua forza schiac-ciante e il suo calore: piacere infinito. *Vicina, così vicina.* Sembra saperlo, trattenendosi finché sono vicina, addolcendo il tocco e poi spingendomi di nuovo al limite.

La sua voce è aspra accanto al mio orecchio. «Chiedimelo gentilmente.»

«Per favore, per favore, per favore» ripeto senza pensare.

Eli mi porta fino in fondo. Esplodo, con il corpo che si scuote per il piacere, completamente persa. Sarei caduta se non mi avesse tenuta così stretta. Ho le gambe e le braccia molli, sono accaldata e tremante.

«Ancora» mi ordina.

Mi accarezza dolcemente, prendendomi lentamente e in profondità per una cavalcata di piacere senza fine. Gemo, incoerente, tremando per tutto ciò che mi fa provare. La pres-sione sale, sono invasa da sensazioni bollenti. L'orgasmo mi colpisce forte e grido per l'esplosione di piacere. Eli lo cavalca con me, estraendo fino all'ultima briciola di piacere prima di lasciarsi andare stringendomi forte a sé.

Lascio cadere la testa sul cuscino, con la guancia appog-giata alla seta fresca.

Eli mi scosta i capelli dalla faccia. «Tutto bene?»

«Bene» riesco a malapena a dire.

Lui si tira fuori e io crollo sul letto. Lo sento che va in bagno, camminando a piedi nudi. Io sono molle e strana-mente felice. Come si fa a essere felici, con tutto il caos che c'è in ballo?

Uffa, che cosa sto facendo? Avevamo rotto. Non dovrei fare sesso con lui. Manda il messaggio sbagliato.

Sono quasi addormentata quando le coperte si alzano ed

Eli si mette a letto con me. Ha la pelle nuda e calda e preme contro di me. Spegne la luce sul comodino.

Svegliati!

Mi volto sulla schiena e accendo la luce sul comodino. Poi fisso il soffitto, senza riuscire a guardarlo negli occhi. «Non avrei dovuto farlo. Ti ho sedotto ed è sbagliato.»

Lui mi copre con il suo corpo, appoggiando il peso sugli avambracci. «Mi sembra di ricordare di averti fatto questo.» Mi passa le dita sulle clavicole, mandando brividi dovunque tocchi. «Ti ho fatto tremare sotto di me, gemere in modo sexy, piccoli suoni gutturali e appassionati. Mi sembra di ricordare che qualcuno abbia anche implorato.»

Do una spinta alla sua spalla, con lo sguardo fisso sul suo mento. «Per favore, non renderlo difficile. Avevamo rotto. Questa è l'ultima volta, okay?»

Azzardo un'occhiata. I suoi caldi occhi nocciola, le mandibole squadrate, ben rasate, il collo muscoloso. Mi sorprende una nuova fitta di desiderio. Normalmente il desiderio si spegne una volta finito.

Eli mi rivolge un sorriso lento e sexy, come se sapesse a che cosa sto pensando. Abbassa la testa, appoggiandomi la bocca sul collo. Gli metto la mano sul petto, con l'intenzione di spingerlo via, ma sembra che mi manchi la volontà. Sento una forte fitta di desiderio. Le mie gambe si aprono e una deliziosa pressione mi attira indietro, lo voglio ancora. Eli mi passa le mani lungo i lati del corpo, sui fianchi, all'interno delle cosce. Sento le scintille sulla pelle ovunque mi tocchi.

Mi bacia teneramente e poi alza la testa per fissarmi negli occhi. Di colpo, vorrei spegnere la luce. Il modo in cui mi guarda è troppo intimo, come la sua tenerezza. Allungo la mano alla cieca per spegnere la lampada, ma non riesco a trovarla.

Spingo forte contro le sue spalle. «È sbagliato. Non dovremmo farlo.»

Lui mi afferra i polsi e li inchioda sul materasso. «Sii un po' cattivella.»

Respiro sempre più affannosamente. Detesto ammetterlo,

ma sono eccitata dal modo in cui mi tiene. «Abbiamo rotto. Dovremmo smettere, fingere che non sia mai successo.»

Eli abbassa lentamente la testa, senza mai interrompere il contatto con i miei occhi. Parla e sento le parole bollenti sulle mie labbra. «Non ancora.»

Il suo bacio è dolce, la presa sui miei polsi è forte e io mi arrendo alla beatitudine.

13

Jenna

Il giorno dopo, subito dopo aver chiuso il negozio alle quattro, mi precipito ad attraversare la strada per andare alla biblioteca di Summerdale. Audrey lavora fino alle cinque la domenica e ho disperatamente bisogno di confessare a qualcuno quel che è successo altrimenti esploderò. Eli è andato a lavorare presto questa mattina e io poco dopo, con la mente avvolta nella nebbia. Non riesco a smettere di pensare alla mia notte con Eli e devo smetterla, perché non deve più succedere. Ho bisogno di un orecchio comprensivo, di una persona che non mi giudicherà per aver permesso al desiderio di prevalere sulla mia volontà.

La biblioteca è un edificio moderno, spigoloso, con un rivestimento di assicelle grigie. Cioè, il massimo della modernità nel 1969. Più di recente hanno aggiunto dei lucernari, un grande soppalco e una nuovissima sala per i bambini di lato che ha quasi raddoppiato l'area. Le porte di vetro automatiche si aprono quando mi avvicino ed entro nello spazio luminoso. C'è un lieve odore di libri che aleggia nell'aria.

Audrey è dietro il bancone centrale e aiuta a registrare i libri in uscita insieme agli assistenti part-time. La saluto agitando la mano e lei sorride salutandomi. Il suo sorriso svanisce quando Drew appare dal soppalco del secondo piano e si avvicina al bancone con un grosso libro in mano. Normalmente è l'immagine del duro, una cintura nera che gestisce un dojo, ex ranger dell'esercito, ma c'è qualcosa nella sua espressione che lo fa sembrare vulnerabile. Mmm... Non l'ho mai visto in biblioteca.

Aspetta nella fila di Audrey per registrare il libro. Lei guarda Drew oltre la persona anziana che sta aiutando. «Puoi andare da Suzanne» gli dice, indicandogliela.

«Sto bene qui» risponde lui.

Mi sposto di fianco al bancone, restando abbastanza lontana da non rendere ovvio che sto origliando.

Audrey ha le guance rosa carico mentre registra una pila di gialli. Finalmente è il turno di Drew e lui le mette davanti il grosso libro senza dire una parola. È una biografia di Eisenhower, probabilmente sono seicento pagine. Lettura impegnativa.

Lei fissa il libro per un momento prima di alzare la testa. «Hai la tessera della biblioteca?»

«L'avevo. Non riesco a trovarla.»

Audrey annuisce. «Ci penserà Suzanne. Devo...»

«Aspetta.» Drew si china sul bancone, parlando a voce bassa. Accidenti, non riesco a capire che cosa sta dicendo.

Audrey apre le labbra.

Drew si raddrizza e la guarda ansiosamente.

Lei si mette dietro le orecchie i lunghi capelli neri. «Certo. Okay.»

«Allora...»

Lei sorride a labbra strette. «Ci vediamo in giro, okay?»

Drew smette di sorridere. «Sì, okay.» Mi dà un'occhiata prima di voltarsi in fretta e dirigersi verso la porta.

«Hai dimentica il tuo libro!» gli grida Audrey.

Lui alza una mano. «Un'altra volta.»

Non era qui per il libro.

Audrey mi indica di seguirla nel suo ufficio. Saliamo le quattro rampe di scale per arrivare al soppalco dove c'è il suo ufficio, sul retro. Lei chiude la porta alle nostre spalle e si toglie immediatamente il cardigan grigio. Adesso ha una blusa color panna, allacciata fino al collo. Ha sempre un aspetto professionale al lavoro anche se qui c'è solo la gente del posto. Non lavora certo in un ambito societario.

Si siede sulla sedia da ufficio dietro alla sua scrivania e io uso quella più piccola e imbottita davanti a lei. «Che succede?» mi chiede. «Il tuo messaggio era misterioso.»

«Stai bene?»

«Sì, io sto bene. A te che cosa sta succedendo?»

Accavallo le gambe e poi rimetto i piedi a terra. Poi controllo le mie cuticole. Sono venuta per confessare ma di colpo non ho voglia di parlare. È... È così sbagliato quello che ho fatto. Forse se fingo che non sia mai successo, nessuno dovrà saperlo e le cose torneranno normali. Relativamente normali. Tutta questa esperienza con Eli è stata surreale dall'inizio alla fine. E poi di nuovo. Stiamo ancora insieme?

Non avrei mai permesso che le cose arrivassero a questo punto, se in fondo non avessi saputo che era una brava persona e che veniva da una buona famiglia. C'era già una base di fiducia. Significa che ho fatto un errore rompendo con lui? O che è stato un errore andare ancora a letto con lui? Che cosa devo fare? Non mi sono mai trovata in una situazione simile. Sono così confusa che non so nemmeno da dove cominciare, quindi mi concentro invece sullo strano visitatore di Audrey.

«Che cosa sta succedendo con Drew?»

Lei si arrotola una ciocca di capelli sul dito. «Voleva solo prendere in prestito un libro.» È una bugia. È il gesto che fa quando mente. Attorcigliare i capelli, la calma quando deve dire una piccola bugia.

«Che cosa ti ha detto quando si è chinato sopra il bancone?»

Audrey sbuffa. «Mi ha chiesto se possiamo essere di nuovo amici e magari qualche volta passare un po' di tempo insieme.»

«Oh mio Dio, Aud, è una cosa grossa! Non credo che abbiate mai passato del tempo insieme. Non si sa mai...»

«Io lo so» mi dice seccamente. «Ho accettato solo per essere educata. Guarda, ci ho pensato a lungo e il fatto è che mi vedrà sempre come la ragazzina delle medie con una cotta per lui, com'ero quando gli scrivevo durante le sue missioni. Sono sicura che in quelle e-mail sembrassi sdolcinata ed esageratamente entusiasta, ma i miei sentimenti erano reali, anche a tredici anni.»

«Lo so.» Avevamo passato ore e ore parlandone.

Lei stringe le labbra. «Non mi prenderà mai sul serio.»

«Penso che gli manchi la tua adorazione. Ha perfino finto di voler leggere un libro su Eisenhower. Puah.» Tiro fuori la lingua, disgustata.

Lei ride mestamente. «Già, anche se si fosse portato a casa il libro, dubito che avrebbe finito il primo capitolo. Non è un gran lettore. Non so nemmeno perché io abbia mai pensato che saremmo compatibili. Tu mi conosci. I libri sono la mia vita.»

«Okay. Magari non sarà mai uno che legge. Allora perché è venuto qua oggi? O si fa vivo ogni tanto per salutarti e non me l'hai mai detto?» Fingo di fare la faccia feroce.

«No, è la prima volta che viene.» Sospira. «Forse hai ragione. Gli mancava la mia adorazione. Sa che ho voltato pagina e forse lo scoccia che non sia più la ragazzina ingenua con una folle cotta per lui. Ha perso il suo piccolo fanclub.»

«Hai veramente voltato pagina?» le chiedo gentilmente.

Lei alza la testa. «Mi sono iscritta a eLoveMatch, no?»

«Sì, ma hai smesso di accettare appuntamenti e hai cancellato il tuo profilo.»

Lei fa un gesto indifferente. «Solo una pausa momentanea. Spero ancora di avere una relazione seria, e presto. È quello che voglio, Jenna. Ho ventinove anni e sono più che pronta per il matrimonio e i figli. Ho sempre voluto diventare mamma.»

Provo dolore per lei e allungo la mano sulla scrivania per stringere la sua. Sto cominciando a capire il suo desiderio di avere figli. È istintivo. È biologia. La cosa triste è che non è mai andata oltre il primo appuntamento in un anno. Non promette bene per il suo sogno.

Le lascio andare la mano, faccio un respiro profondo e sussurro: «Ti devo dire una cosa e non puoi dirla a Syd. Sono andata di nuovo a letto con Eli la notte scorsa. Gli ho detto che era l'ultima volta. Non so che cosa mi ha preso».

Le scintillano gli occhi. «Il sesso deve essere fenomenale se ti ha tentato di nuovo dopo aver rotto.»

«Ora non so se ho fatto un errore rompendo o andando ancora a letto con lui.»

«È una brava persona e tu sei meravigliosa. Continuo a non capire perché avevi rotto.»

«Gli ho detto che era perché vogliamo cose diverse. È esattamente il motivo per cui Sydney non mi vuole con lui. Sai com'è con lui e Caleb. Ha aiutato lei a crescerli.»

«E che ne pensa Eli?»

Mi agito, giocherellando con qualche graffetta sulla sua scrivania. «Non lo so. Questa mattina è uscito per andare a lavorare prima che fossi completamente sveglia. Ha solo detto che doveva andare al lavoro e mi ha salutato con un bacio.»

«E tu che cos'hai detto?»

«Mi ero appena svegliata. Ho solo detto *mmm-mmm*.»

Lei mi dà un'occhiata di aperta disapprovazione. «Che cosa ci fai qui a parlare con me? Vai a parlare con lui.»

«Sono qui perché non so qual è la cosa giusta da fare. Forse non dovrei fare niente. Solo lasciare le cose come stanno: che abbiamo rotto e che questa era la nostra ultima volta insieme. Gliel'ho anche detto. Gli ho detto che era l'ultima volta.» *Proprio prima di rifarlo.*

«Forse dovresti provare a uscire di nuovo con lui. Stavate appena cominciando... Beh, eravate all'inizio di...»

Mi inalbero. «Di che cosa? Una relazione?»

«Sì, e so che non ti piace questa parola...» dice alzando una mano, «... ma all'inizio le cose sono fragili. E non significa che rivederlo debba essere per forza prendere un impegno. Potrebbe essere una cosa informale, senza impegno.»

Scuoto la testa. «Non è il tipo da cose informali e leggere.»

«Okay» dice lentamente Audrey.

«Mi ha rapita per il nostro primo appuntamento.»

«Vero.»

«Mi ha detto che aveva una cotta per me fin da quando era un adolescente. Ha detto che sono sempre stata la ragazza dei suoi sogni.» Alzo di colpo le mani, facendo cadere il suo porta graffette. Volano graffette dappertutto, insieme al cubo di plastica. Mi volto a guardarla, completamente esasperata. «Come faccio a essere all'altezza di un simile ideale?»

Lei mi fissa, aprendo e chiudendo la bocca. Aggrotta le sopracciglia per un momento. È così difficile da capire? O forse sta pensando che Drew *era* l'uomo dei suoi sogni. Forse anche lui crede di non poter essere all'altezza.

Ci alziamo contemporaneamente per raccogliere le graffette.

«Ci penso io, Aud.»

Lei mi guarda mentre raccolgo tutto. «Ammetto che "ragazza dei suoi sogni" sembra essere un ideale irraggiungibile, ma perché non gli permetti di conoscerti fino in fondo, per vedere se sei all'altezza delle aspettative? E io sono sicura che sia così.»

Io continuo a raccogliere le graffette. «Non capisci che sarà comunque un casino di sentimenti feriti?» Mi alzo per rimettere il cubo e le graffette sulla sua scrivania. «Se all'inizio riuscirò a sembrare all'altezza non durerà perché non posso dargli la bella scena domestica che vuole. E se non sarò all'altezza, resterà comunque deluso e ferito.»

Lei si siede di nuovo. «Ha detto di volere una bella scena domestica?»

Mi siedo anch'io. «Ne ha parlato Syd e con lui posso leggerlo tra le righe.»

«Tu non sei i tuoi genitori» dice a bassa voce. «Tu sei perfettamente in grado di farti una famiglia, con qualcuno che ami.»

La guardo stupita. «È stato orribile. Non ho intenzione di passarci, mai, e non costringerò mai dei bambini a sopportarlo.» Raddrizzo le spalle e la schiena. «Sono perfettamente soddisfatta della mia vita così com'è.»

«Hai visto com'è felice Sydney ora che è sposata? Praticamente cammina senza toccare terra.»

«Sydney ha sempre desiderato sposarsi. I suoi genitori erano felici insieme. Ha sempre detto che sono stati inseparabili, fin dal primo giorno. Suo padre ha chiesto a sua madre di sposarlo *al loro primo appuntamento*. Non è da lì che vengo io.»

«Ma *è* da dove viene Eli. Potrebbe essere il tipo che ti sta accanto per sempre se gli dai una possibilità e poi Sydney sarebbe contenta per voi due. Tutto funzionerebbe perfettamente. Tu ed Eli potreste stare insieme ed essere felici insieme, per sempre. Non credo che ne parleresti tanto se non provassi qualcosa per lui.»

Non capisce assolutamente qual è il problema.

Mi alzo di colpo. «Tu non capisci. Fa' finta che non abbia detto niente.»

Si alza anche lei. «Dai, non andare. Non sto cercando di farti incazzare. Voglio che tu sia felice.»

«Io sono felice!»

Stringo i denti e vado verso la porta. Audrey sta proiettando su di me il suo desiderio di avere una relazione seria. Non capisce? Ho fatto la cosa sbagliata, di nuovo, e devo trovare il modo di superarlo prima che Sydney sappia che casino ho fatto.

Non chiamerò Eli perché vorrebbe dire che lo voglio ancora. Ho rotto; non avrei dovuto andare a letto con lui ancora una volta. Era l'ultima volta. So quando mi devo fermare.

∿

Eli

Non ho intenzione di inseguire Jenna. La mattina dopo la nostra notte di sesso, sono uscito presto per il mio turno al lavoro e le ho dato un bacio per salutarla. Niente paroline dolci. Niente promesse. Deve venirmi incontro a metà strada.

Il problema è che non lo fa.

Sono passati quattro giorni. Dopo il solito allenamento nella palestra di casa, faccio la doccia e mi sdraio sul divano in soggiorno. Non so perché questa cosa mi infastidisca tanto. Ci siamo divertiti. Dovrei essere contento di quello che abbiamo avuto: piacere temporaneo tra due persone che poi hanno rotto. A chi non piacerebbe?

A me. A me non piace.

Salto in piedi. Ho troppa energia residua e non devo andare a lavorare fino a questa sera. Devo andare a fare una corsa e non pensare a Jenna.

Allaccio le sneakers. I miei turni cambiano a seconda di quello che decide il capo. Quando sarò io il capo, assumerò qualcuno che lavori secondo quello che deciderò *io*.

Vado a fare una lunga corsa con Lucy, doccia e poi di nuovo sul divano. Caleb è via a New York con alcuni amici. La casa sembra sinistramente silenziosa. Lucy è sdraiata ai miei piedi, stanca per la corsa. Sbuffo. Non so perché ho ancora così tanta energia.

Non è ancora ora di pranzo, ma che diavolo. Guardo Lucy. «Non c'è niente che dica che non posso fare un salto da Summerdale Sweets per uno snack, come chiunque altro, no?»

Lucy piega la testa e conferma con uno dei suoi suoni di gola incomprensibili.

Per me va bene. La porto fuori per farle fare pipì, prendo il suo osso finto e glielo metto ai piedi. Se sto via troppo, lei comincerà a masticare quello che trova, quindi la lascio sempre con qualcosa che le piace. Va molto meglio adesso che ha tredici mesi. Da cucciola era un incubo per le mie scarpe, i telecomandi e, una volta, pure un cuscino.

Faccio il breve viaggio fino alla pasticceria. Non vedo clienti all'interno. Scendo dalla Mustang e resisto alla tentazione di passarmi le dita tra i capelli. Non sono loro il problema. Non so esattamente quale sia, troppa storia da parte mia, troppi bagagli emotivi da parte sua, tutto ciò che so è che c'è qualcosa di speciale tra di noi. Ho abbastanza esperienza da saperlo.

Mi chino verso lo specchietto laterale e controllo come sto. *Non* sto dandole la caccia. È una visita amichevole. Dopotutto è logico che ci incontriamo prima o poi. Viviamo nella stessa piccola città e abbiamo un mucchio di conoscenti in comune. Anche se sono riuscito a evitarla per un anno.

Vado verso la porta e la apro. Il campanello suona, annunciando il mio arrivo. Mi fermo appena dentro e mi blocco per un momento quando i nostri occhi si incontrano. È bella. Alta e snella, coi capelli biondi che le sfiorano appena le spalle. Il grembiule è legato stretto e mette in evidenza la vita sottile. Sento immediatamente il sangue che scorre veloce nelle vene.

«Eli» dice dolcemente Jenna.

«Ciao, ero fuori per una corsa e il tuo negozio era sulla mia strada.» Deve sapere che non le sto dando la caccia. Mi è solo venuto legittimamente appetito.

«Non serve una scusa per concedersi qualcosa di buono» dice animatamente Jenna. «Che cosa ti porto?»

Giusto. Mi avvicino, fingendo interesse per la vetrina dei dolci. «Che cosa mi raccomandi?»

«Dovrebbero piacerti i biscotti al burro di arachide. Non sono troppo dolci.»

Il suo tono è blando, l'espressione neutra. *Sta coprendo i suoi veri sentimenti per me oppure vuole solo che me ne vada?*

Sento un campanello e Jenna si volta, dirigendosi verso il retro del negozio. Entra un fattorino con un'uniforme marrone e una grossa scatola. Ha meno di trent'anni, pelle scura, pieno di muscoli. Il lento sorriso che rivolge a Jenna mi dice che lei gli piace. La voce sensuale lo conferma. «Ehi, Jenna, c'è il tuo pacco.»

«Sai dove metterlo, Trey» risponde Jenna con una voce provocante e allusiva.

Sento una fitta di gelosia e io non sono mai geloso. Mi volto, imbarazzato. Non ho nessun diritto su di lei. Non più.

Il fattorino ridacchia e va in una stanza sul retro.

Jenna lo segue, restando sulla soglia e continuando a flirtare. Non riesco a capire che cosa dicono, ma Jenna ha una mano su un fianco.

Trey la sfiora quando esce, fissandola con gli occhi scuri ardenti. «Alla prossima.» Deve aver percepito la mia occhiataccia perché mi guarda negli occhi mentre le dice: «Sembra che tu abbia un cliente affamato. Meglio vedere che cosa vuole».

Jenna risponde con indifferenza: «È solo un amico».

Stringo i denti. *Solo un amico? Non credo proprio!* «Stai con lui?»

Lei torna dietro al bancone. «Non sono affari tuoi. Allora, hai deciso che cosa vuoi?»

Voglio te.

«Lui vuole te» dico.

Lei indica il retro del negozio da dove è appena uscito il fattorino. «Trey è un bravo ragazzo ed è anche molto intelligente. Sta frequentando i corsi serali per ottenere il Master in Economia Aziendale. In effetti è in lizza per un posto dirigenziale, ma l'azienda fa fare tutti i tipi di lavoro ai candidati in modo che capiscano bene come funziona.»

«Anch'io sono intelligente.»

Lei alza una mano. «Okay, Eli. Non è una gara.»

«Diventerò il capo della polizia quando il Capo Daniels andrà in pensione.»

«Sono lieta di saperlo. Veramente.»

La fitta di gelosia diventa una rabbia irrazionale. «Non voglio che tu faccia sesso con lui.»

Lei sbuffa. «Già fatto ed è finita. E a lui sta bene.»

Alzo un braccio, furioso. «Allora perché sta flirtando con te come se ti volesse ancora?»

Lei fa spallucce. «Probabilmente perché è così, ma rispetta quello che gli ho detto. Per quale motivo sei veramente qui? Spero non ti sia fatto l'idea sbagliata dopo...»

«Dove avete fatto sesso? Qui in negozio?» Devo saperlo. Questo tizio si fa vivo regolarmente con le consegne e le sue allusioni e le occhiate ardenti. Non mi va.

Jenna incrocia le braccia. «Non ho intenzione di parlarne con te.»

Vado dietro il bancone e controllo il retro del negozio.

«Scusami? Che cosa stai facendo?» La sua voce ha raggiunto una nota veramente alta.

Guardo nella stanza dove ha appena scaricato la scatola. È un grande magazzino con scaffali industriali su due lati. «È stato qui, vero?»

Lei si ferma sulla soglia, guardandomi furiosa. «Sì. Contento?»

«E non hai mai nemmeno pensato a un bis?» Ho la sensazione che se non fossi stato lì sarebbe facilmente successo qualcosa. Lui è evidentemente un cascamorto e lei ci stava.

«Avevamo concordato fin dall'inizio che sarebbe successo una sola volta.» Mi ficca un dito nel petto. «Non che siano affari tuoi.»

Le afferro il polso e lei arrossisce, aprendo le labbra. Mi desidera. «A *me* non hai mai detto che doveva essere una volta sola.»

Jenna si libera il polso. «Hai ragione, forse avrei dovuto.»

Mi avvicino. «Ma non puoi fingere che tra di noi non sia stato fenomenale. Hai abbastanza esperienza da sapere che non è sempre così.»

Lei resta zitta, con un'espressione un po' diffidente.

«C'è qualcosa tra di noi» dico, attento a non ammettere troppo. Detesto che sia tutto così unilaterale.

«Che cosa?»

«Dimmelo tu.»

Lei studia la mia espressione prima di dire: «Passione».

«È una lunga storia. Io non sono il fattorino che hai appena conosciuto.»

Lei alza le mani. «Esatto! È il motivo per cui è ancora più importante rispettare i confini tra di noi. Ed è anche il motivo per cui ho rotto con te, in modo che nessuno si faccia male.»

Abbasso la voce mentre finalmente la verità si fa strada. «Ma non è quello che hai detto. Hai detto che volevamo cose diverse. La verità è che sei terrorizzata dai sentimenti. Non permetti a nessuno di avvicinarsi.»

Lei distoglie gli occhi. «Non è vero. Sono legatissima ad Audrey, Sydney e Harper. A un mucchio di gente.»

«La verità è che sei legata solo con la gente che conosci fin da quando eri bambina. Beh, pensaci. Conosci anche me fin da allora.»

I suoi occhi lampeggiano. «È diverso e lo sai. Tu ti aspetti cose che non riuscirei mai a darti.»

Invado il suo spazio e le metto una ciocca di capelli dietro l'orecchio. «Dimmi che non provi niente per me e me ne andrò.»

Resta per un attimo senza fiato. Passa un lungo momento mentre continuiamo a fissarci negli occhi. «Non provo niente per te.» Sembra rassegnata.

«Bugiarda. Smettila di permettere alla paura di ostacolarti.»

«Non è vero!»

«Dimostralo.»

Lei mi afferra la testa e mi bacia, esattamente come mi aspettavo. Per dimostrare il contrario. Jenna non ha mai sopportato di apparire debole. Prendo il controllo del bacio, afferrandole i capelli, pretendendo tutto. C'è il fuoco tra di noi. Chiudo a chiave la porta alle nostre spalle e ce l'appoggio contro.

Lei mi tira i vestiti. Ha bisogno di me quanto io ho bisogno di lei. Lascio che mi spogli e poi la volto, slegandole il grembiule e togliendoglielo. Le tolgo la maglia passandogliela dalla testa.

«I preservativi sono sullo scaffale in alto» dice, togliendosi in fretta i jeans e le mutandine.

Guardo una semplice scatola bianca sullo scaffale in alto. «Quanti uomini hai portato qui dietro?»

«Solo Trey. Ne ho messo lì una striscia non perché pensassi che l'avremmo fatto più di una volta, ma solo perché è quello che avevo afferrato.»

Mi sento il petto stretto in una morsa. Alzo la mano, ne

prendo uno e lo infilo. «Basta. Nessun altro. Siamo tu e io. Il tuo ultimo ricordo di una scopata in magazzino.»

Le sollevo la gamba e spingo contro la sua entrata. «La prossima volta in cui lo vedrai, di' a Trey che stai con qualcuno.»

Jenna lascia ricadere indietro la testa. «Dubito che lo chiederà. Smettila di giocare e muoviti.»

La sollevo contro la porta. «Avvolgimi le gambe intorno.» Appena lo fa, spingo forte. La sento ansimare.

Le tengo la mandibola e dico ferocemente: «Pensa a noi. Solo a noi. Qui, adesso».

Jenna apre le labbra. «Sei sexy quando diventi aggressivo.»

Mi sfrego forte contro di lei che chiude gli occhi. Perdo anche l'ultima briciola di controllo. Sbatto forte. Lei mi ficca le unghie nelle spalle, mentre la rivendico.

«È giusto così» le dico. «Noi due.»

Lei risponde mormorando: «Sì».

Infilo una mano tra di noi e strofino. Lei sgroppa forte. «Eli!»

«Sì, di' il mio nome.»

Lei lo ripete cantilenando mentre la prendo forte e ferocemente, continuando a strofinarla. Il suo corpo si contrae intorno a me e poi si lascia andare, rabbrividendo quando l'orgasmo la travolge. Continuo a spingere prima di esplodere anch'io.

Mi appoggio forte a lei. I nostri corpi sono surriscaldati, ho le gambe molli. La sollevo con attenzione e la rimetto in piedi.

Ci fissiamo.

«Mi sei mancato» mi dice piano e poi mi bacia. Un bacio dolce che quasi mi mette in ginocchio.

Mi abbraccia stretto, con la testa appoggiata al mio petto. «Mi sono detto che era un errore fare sesso con te dopo aver rotto, ma sembra che non riesca a resisterti.»

«Allora non farlo. Smettila di lottare. Saremo entrambi molto più felici.»

Lei mi guarda, con gli occhi verdi che brillano con quello

che sembra amore. «È stato un errore rompere con te. L'ho rimpianto, mi dispiace...»

«Shh, non devi dispiacerti. È fatta e adesso abbiamo voltato pagina. Insieme.»

Lei mi tempesta il volto di baci. «Ti ringrazio perché sei così comprensivo. Non ho mai voluto ferirti.»

Mi abbraccia di nuovo e le tengo la testa contro di me, respirando di sollievo. Mi è venuta incontro a metà strada. Le sono mancato tanto quanto lei mancava a me.

Lei solleva la testa. «Dobbiamo nasconderlo a Sydney perché gli inizi sono fragili e questo è il nostro inizio.»

«No, non possiamo nasconderlo. Finirebbe solo per ferirla. Glielo dirai tu altrimenti lo farò io.»

Jenna mi implora con gli occhi. «Eli, per favore.»

«No.»

Mi passa le dita tra i capelli. «Ho bisogno di tempo. È la mia prima vera relazione e non sono pronta per i giudizi severi. Perfino Audrey ha detto che dovrei proteggere la relazione all'inizio perché è ancora una cosa fragile e delicata.»

Jenna è sempre stata il mio punto debole e quindi accetto. «Okay, ma non lo terremo segreto per molto.»

14

Jenna

Passano più di due settimane di completa beatitudine. Eli è molto al di sopra di ogni aspettativa io abbia mai avuto in materia di relazioni. Mi porta i fiori senza un motivo, mi manda messaggi dicendomi che mi pensa, è affettuoso solo perché è così, non come preliminare. Gli ho perfino chiesto se era così anche nelle altre relazioni che ha avuto e mi ha risposto che era una domanda ridicola, perché non aveva mai avuto una relazione con me. Comincio a credere di amarlo. Però lo tengo per me, non lo dico nemmeno ad Audrey. Eli insiste sempre più affinché lo diciamo a Sydney, ma finora sono riuscita a farlo desistere. Non sono ancora pronta a lasciare che qualcosa faccia scoppiare questa bolla di felicità. Non mi sono mai sentita così prima d'ora. Praticamente fluttuo per aria.

Sono in pausa pranzo al lavoro e sto controllando le mie e-mail quando la dura realtà si intromette sotto forma di invito al matrimonio in tema Halloween dei miei genitori, tra due settimane. Sento la bile che risale in bocca. Non vedono l'ironia della festa più paurosa dell'anno per il secondo matrimonio tra di loro? Non rispondo. Ovviamente non voglio partecipare, ma sto rimandando la risposta perché probabilmente allora mamma e papà vorranno parlarne con me.

C'è un'altra e-mail da Eve Larsen. Resto senza fiato. Non sento mia sorella da anni. Immagino che non usi più il nomignolo Evie. La apro con le dita che tremano.

Ciao Jenna, è passato troppo tempo per due sorelle. Per molto tempo ho pensato che dovessimo scegliere da che parte stare e tu hai scelto l'opposto di ciò che avevo scelto io. Sarò sincera, negli anni ho avuto parecchie difficoltà che mi hanno impedito di avere relazioni sane nella mia vita. Tutta questa faccenda dei nostri genitori mi ha fatto capire che se si possono perdonare a vicenda, sicuramente possiamo farlo anche noi due. O almeno parlare. Ci sarai al matrimonio? Mi piacerebbe avere l'opportunità di parlarci a faccia a faccia.

Adesso sono in California, quindi non è facile incontrarci. Spero di vederti alla cerimonia.

Eve

Lascio uscire lentamente il fiato. L'unico dolore più forte del mio passato, peggiore di quelli di perdere mio padre o il mio amatissimo cane, era stata la perdita della mia sorellina. Ora mi sembra di dover andare al matrimonio.

Chiamo la mamma. «Ho ricevuto l'invito e volevo farti sapere che ci sarò. Non pretendo di capire...»

«Jenna, tuo padre e io ci siamo sposati così giovani. Io ho lasciato il college per avere te e tuo padre per trovarsi un lavoro per mantenere entrambe. È stato difficile. Non avevamo il sostegno dei nostri genitori. Stavamo facendo del nostro meglio.»

«Siete stati così arrabbiati l'uno con l'altra, per così tanto tempo.»

Lei sospira. «Stavamo ancora cercando di capire chi fossimo come persone ed eravamo in difficoltà. Mi piacerebbe pensare di essere maturati entrambi. Il tempo e la distanza ci hanno fatto capire che quello che ci aveva attratto all'inizio c'era ancora.»

«Vi eravate incontrati a una festa. Sono sicura che essere sbronzi vi avesse aiutato.»

«Capisco la tua rabbia. Le cose ci sono sfuggite di mano durante il divorzio.»

«Dici?» Mi ficco una mano tra i capelli.

«Mi dispiace, Jenna. Veramente. E dispiace anche a tuo padre. È il motivo per cui abbiamo cercato di parlare con te. Forse potremmo incontrarci a cena...»

Mi sento invadere dalla nausea. «No, va bene così. Ci vedremo al matrimonio. Devo andare. Sto lavorando.»

La saluto e chiamo immediatamente Eli.

«Ciao» mi dice con calore. «Stavo proprio pensando a te.»

Rilasso le spalle e la nausea sparisce immediatamente. «Davvero?»

«Sì. Le crêpes che hai fatto per colazione con le mele e la panna montata erano fantastiche.»

Mi strappa una risata. «Okay, quindi ti piace la mia abilità in cucina.»

«Non solo quello, bella.»

Il mio cuore accelera e poi capisco. Lo amo. Amo sentire la sua voce, il suo sorriso, amo lui e basta, sia a letto sia fuori. Di colpo resto senza parole.

«Stai bene?» mi chiede.

«Sì, scusa. Sono un po' fuori fase per un'e-mail che ho ricevuto. Ho un favore da chiederti e capirò perfettamente se dirai di no.»

«Chiedi.»

«I miei genitori si risposeranno tra due settimane. Un matrimonio a tema Halloween. So che sembra orrendo. Non avevo intenzione di andare ma mia sorella Evie, che adesso si fa chiamare Eve, mi ha chiesto di partecipare. Vuole riprendere i contatti.»

«Ricordo Evie. Eravamo nella stessa classe. Un tipo serio.»

«Già, lo immagino. Nessuna delle due è il tipo rose e fiori.»

«Tu sei una rosa. Elegante, di classe.»

Sento le guance che si scaldano a quel complimento. «Eli.»

«Stai arrossendo?»

«No, smettila.»

«Sì, stai arrossendo. Okay. Verrò e ti aiuterò ad affrontare l'horror show.»

Mi capisce davvero. Che uomo fantastico! «Grazie.»

«Però mi dovrai un favore enorme.»

Sento che sorride mentre parla. «Ah sì? E quale?»

«Te lo farò sapere quando ci sarà il prossimo evento sociale obbligatorio e dovrai esserci. Riunione delle superiori? Matrimonio di una ex? Cena di famiglia?»

«Oh, dai, la tua famiglia è fantastica.»

«Sono implacabili.»

«Lo sei anche tu.»

Lui sospira, ma molto virilmente. «E a te piace.»

Sorrido. «Hai i tuoi momenti.»

«In effetti, una cena di famiglia sarebbe una buona idea, ci porterebbe allo scoperto e metteremmo le cose in chiaro con Syd.»

Smetto di sorridere. «No.»

La sua voce torna suadente. «Ci stiamo frequentando da più di sei settimane.»

Sento una fitta di disagio. «No, sono solo due.»

«Due settimane da quel piccolo intoppo della rottura. Prima siamo andati nel New Hampshire e abbiamo passato del tempo insieme, girandoci attorno e lottando contro l'attrazione, che provavamo entrambi. Hai ammesso che mi desideravi sin da quanto hai tamponato la mia auto e ti sei scontrata con il pieno "effetto Eli".»

Cammino avanti e indietro nel corridoio sul retro del mio negozio. «Forse non mi ero resa conto che fosse passato tanto tempo.»

«Il trentuno di agosto abbiamo pranzato insieme per la prima volta. Adesso siamo a metà ottobre.»

«Era solo un pranzo per definire il lato finanziario del nostro incidente.»

«Jenna, questa cosa tra di noi non è fragile, te lo assicuro.»

Arrossisco. La sua voce calda e sicura mi fa qualcosa, fa volare le farfalle nel mio stomaco, mi accende tutta. Comunque mi sembra troppo presto per uscire allo scoperto. «Okay, lo capisco. Ci vediamo più o meno da sei settimane, ma se come data ufficiale conti quando...»

«Mi hai guardato suonare la chitarra come fossi una groupie.»

«... Quando mi ha rapita.»

Lui ridacchia. «Il fatto è che va avanti da troppo tempo per nasconderlo. Se puoi portarmi a un evento di famiglia, allora posso farlo anch'io. È quello che fanno le coppie serie.»

«Che cosa intendi per serie?» La mia voce è sottile e acuta.

«Intendo dire che è ora di smettere di fingere che sia soltanto desiderio incontrollabile da parte di entrambi. È adorazione reciproca. Organizzerò la cena.»

Non ho un momento per godermi il commento sull'adorazione reciproca a causa della minaccia della cena di famiglia. «No, aspetta! Possiamo farla dopo il matrimonio dei miei genitori? Ho solo bisogno di ancora un po' di tempo.»

«No. Il matrimonio è fra due settimane. La faremo questo fine settimana.»

«Syd lavora sempre il fine settimana.»

«Allora scoprirò quando è disponibile. Ci siederemo insieme e le spiegheremo la situazione. Basta segreti.»

Forse ha ragione, ma non riesco a scrollarmi di dosso la sensazione che Sydney sarà furiosa con me, sia per averglielo nascosto, sia perché sto con l'unico uomo da cui mi ha detto di stare lontana. Ma è impossibile resistere a Eli e provo dei sentimenti per lui. Sentimenti veramente profondi.

«Capisco perfettamente quello che dici riguardo al non nascondere le cose a Sydney» dico. «Mi piacerebbe dirglielo personalmente, in un incontro a due, okay? Senza testimoni.»

«Va bene anche quello. Una volta che l'avrai fatto faremo una cena di famiglia. Sono sicuro che andrà tutto liscio. Sydney ti vuole bene.»

«Sì.» *Ma c'è il fatto che non ritiene che vada bene per il suo fratellino.*

«Ci vediamo stasera» dice Eli chiudendo la telefonata.

Sospiro piano e torno a lavorare.

Eli

La sera dopo vado al lavoro per il turno serale. Sono di buon umore. Le cose stanno andando benissimo con Jenna e ha finalmente accettato di parlare con Sydney giovedì, durante la serata delle donne. Entro nella piccola stazione di polizia, una casa vittoriana ristrutturata. Vedo il Capo Daniels nel suo ufficio, con la porta aperta.

«Ehi, capo.»

«Eli, vieni nel mio ufficio.»

«Sì, signore.»

«Siediti» dice allegramente. Di solito non è un tipo sorridente e divento speranzoso. Forse ha finalmente deciso di andare in pensione. È da un anno che cambia continuamente idea sul momento in cui farlo.

Occupo la dura seria di legno davanti alla sua comoda poltrona d'ufficio. È così fin dall'inizio. Lui è il capo, quindi può scegliere una sedia comoda, gli orari e ha il salario più corposo. Io sono il sottoposto, quindi ho il turno serale e tutte le faccende più spinose nella nuova comunità di cui lui non vuole occuparsi: gente che prende il sole nuda, procioni nella spazzatura, ragazzi che bevono birra sul tetto della scuola superiore eccetera. Sarebbe perso senza di me.

«Grande novità» dice. «Andrò in pensione alla fine dell'anno.»

Reprimo un *urrà*, ma non riesco a evitare di sorridere. «Congratulazioni!» Aspetto la parte più importante per me.

«Dal primo dell'anno nuovo sarai ufficialmente il nuovo capo della polizia.»

Tiro indietro le spalle e sporgo il petto, fiero. «Grazie, apprezzo la sua fiducia in me.»

«E congratulazioni a te. Figliolo, non potrei essere più felice di lasciare Summerdale nelle tue mani capaci. Sentiti libero di assumere un altro agente come te. Forse sarà difficile trovare qualcuno per gennaio, ma provaci. Se necessario, potremmo assumere degli agenti part-time a rotazione dalle città vicine.»

Mi sento leggero e sto sorridendo, con il mio nuovo titolo che mi gira per la testa... Capo Robinson. «Tasterò il terreno per trovare il mio sostituto.»

Il Capo Daniels incrocia le mani dietro la testa e si appoggia allo schienale. «Me ne andrò nella soleggiata Florida.»

Esattamente come tutti gli anziani in città, penso, ma non lo dico. È una destinazione popolare per i pensionati, a sole tre ore di aereo di distanza. «Buon per lei.»

«Sì. Realizzerò il sogno e anche Martha non vede l'ora. È lei che mi ha convinto. Non sto diventando più giovane.» Ridacchia e sembra più contento di come l'ho mai visto. «Avrai un aumento di stipendio e una settimana di vacanza in più.» Mi passa dei documenti. «Dai un'occhiata e firma se sei soddisfatto delle condizioni.»

Si alza, gira intorno alla scrivania e mi mette una mano sulla spalla. «Capo Robinson. Suona bene, vero?»

Sorrido. «Proprio così. Grazie, signore.»

Lui annuisce ed esce.

Guardo il contratto, firmo e lo lascio nel primo cassetto della sua scrivania. Mi guardo intorno, rimbalzando sui talloni. La mia vita è in un momento di grazia: la carriera è a posto, un aumento di stipendio, la ragazza dei miei sogni. Vedo un futuro con Jenna, qui a Summerdale come un sogno all'orizzonte. Spero solo che lei sia d'accordo.

∾

«Che cosa vuol dire che non l'hai detto a Sydney?» chiedo sottovoce. Siamo in piedi dietro una fila di sedie pieghevoli di metallo al matrimonio all'aperto dei genitori di Jenna. Siamo arrivati un po' prima, in modo che Jenna avesse il tempo di parlare con sua sorella, Evie, prima della cerimonia. La maggior parte degli ospiti è già arrivata, tranne Evie.

«Ne parleremo più tardi» dice Jenna, torcendosi le mani e guardandosi attorno.

Sono incazzato. Jenna non ha parlato di noi a Sydney giovedì scorso alla serata delle donne perché Sydney era furiosa per un problema con un fornitore e Jenna non pensava fosse il momento giusto. Ha giurato che lo avrebbe fatto questa settimana. Adesso scopro che non l'ha ancora fatto. Riesco a leggere tra le righe: Jenna non fa sul serio con me. E io che sognavo un futuro da sogno insieme. Se la ritenesse seria non nasconderebbe la nostra relazione alla sua più cara amica. Sono stufo di nascondermi.

Sto per dirlo quando Jenna dice: «Mi sembra di stare per vomitare».

Le massaggio la schiena. «Okay, fai un respiro profondo. Evie vuole vederti. È una buona cosa.»

Lei mi afferra la mano, la sua è gelata. Faccio un passo indietro sulla questione Sydney. Jenna sta già avendo abbastanza difficoltà, con il matrimonio dei suoi genitori e la riunione con la sorella, dopo anni passati senza nemmeno parlarsi.

Non conosco bene i genitori di Jenna. Avevo nove anni quando si sono separati. Sua madre lavorava a tempo pieno in un'azienda di computer. Ricordo che era bionda e snella come Jenna. So ancora meno di suo padre, ma siamo qui al loro matrimonio. Siamo in un casale storico, c'è un piccolo arco con finte foglie autunnali e ragnatele per la cerimonia e un tappeto nero lungo il corridoio. Subito dopo la zona della cerimonia c'è un grande vecchio fienile con il rivestimento di legno corroso dal tempo e il portone spalancato. All'interno, il fienile è pieno di tavoli e fiori per il ricevimento.

Jenna mi stritola la mano. «Penso che sia lei, Evie.»

Sua sorella ha i capelli biondo scuro, tagliati appena sotto la linea della mandibola che mettono in evidenza le linee dure del suo volto. Proprio come Jenna è alta ed entrambe indossano un tubino nero senza maniche. Evie inarca le sopracciglia, con un'espressione incerta sul volto mentre si avvicina. «Jenna?»

Jenna annuisce e mi tira con sé per andare incontro a sua sorella. «Sì, ciao Evie.»

«Solo Eve, adesso.»

Jenna annuisce di nuovo e ci fermiamo in un punto erboso a breve distanza dall'area della cerimonia. «Sì, scusa. Come stai? Che cosa ti ha portato fino in California?»

Eve mi dà un'occhiata. «Sto bene. Lavoro in TV come sceneggiatrice per la serie *Irreverent*.»

«Davvero? È fantastico. L'ho vista qualche volta. Non ne avevo idea.»

Eve abbassa la testa sorridendo. «Sì, la maggior parte della gente non legge i titoli di coda.»

Jenna mi lascia andare la mano e alza le braccia, quasi come se volesse abbracciare sua sorella. «Beh, congratulazioni!»

«Grazie. Ci è voluto un po', ma sono contenta di quello che ho adesso. Mi piacerebbe anche vendere le mie sceneggiature più lunghe, per il cinema, ma per ora è un sogno. C'è più lavoro in TV.» Mi guarda e stringe gli occhi. «Perché mi sembri familiare?»

Le tendo la mano. «Eli Robinson. Frequentavamo il tuo stesso anno alle elementari di Summerdale.»

«Oh. Guardati, tutto adulto! Ricordo che ti mettevi sempre nei guai.»

«E adesso sono un poliziotto.»

Eve ci guarda. «Wow, sono stupefatta. Eli Robinson è un poliziotto e stai con Jenna.» Si rivolge a Jenna. «Tu che cosa fai?»

Jenna sorride. «Ho una pasticceria. Summerdale Sweets.»

Eve inclina la testa. «Anche questa è una sorpresa. Ricordo

che eri brava in matematica e scienze. Da bambina non ti capivo.»

Jenna annuisce. Non credo di avverglielo visto fare così tante volte. «Ho lavorato nell'IT per un po', sistemi di reti, finché non ce l'ho più fatta. Mi sento bene quando preparo dolci e mi piace rallegrare la gente, che è felice di tornare a casa con qualcosa di buono.»

«Certo, certo.»

Segue un silenzio imbarazzato mentre si guardano intorno. Siamo in una radura con gli alberi che delimitano la proprietà in lontananza. In giro ci sono alcune balle di fieno, spaventapasseri e zucche intagliate.

«Pensate che la sposa indosserà un costume?» chiedo.

Jenna ed Eve ridono.

«Presumo di sì.»

«Sarei delusa se non lo facesse» dice Jenna.

«Hai parlato con la mamma di recente?» chiede Eve.

«No» dice Jenna. «Hai parlato con papà?»

«Solo per dirgli che sarei venuta.»

«Sinceramente, non mi piace l'idea di un nuovo matrimonio, dopo tutto quello che ci hanno fatto passare. Sono venuta solo per te.»

«Posso abbracciarti?» chiede timidamente Eve.

«Certo!» esclama Jenna, abbracciando la sorella minore.

Mi strofino gli occhi. Dev'esserci entrata un po' di polvere.

Jenna tira su col naso e si strofina gli occhi anche lei. «Mi sei mancata, Eve. Mi sembra di aver perso tanto tempo a causa dei casini dei nostri genitori.»

«Mi sei mancata anche tu.» Abbassa la voce. «Sono stata male per parecchio tempo, ho dovuto lottare contro le dipendenze. Adesso sono pulita e sto cercando di fare ammenda con la gente che ha un significato speciale per me nella mia vita. Come te.»

Si voltano entrambe a guardare un uomo con un completo scuro. I capelli biondo-grigi sono lisciati all'indietro.

«Ciao papà» dice Eve.

Jenna alza la mano per un piccolo saluto.

Il signor Larsen è gioviale. «Salve a tutti. Grazie per essere venuti per questo giorno speciale.» Abbraccia Eve e guarda Jenna.

Jenna lo abbraccia in fretta, ma sembra rigida. «Ricordi Eli?»

Lui mi stringe calorosamente la mano. «Certo. È bello rivederti.»

«Anche per me. Congratulazioni.»

Lui sorride felice. «Grazie.»

«Niente costume?» gli chiede Eve.

Lui si passa le mani sul davanti della giacca. «Non sono riuscito a farmi valere. Il tema di Halloween è strettamente riservato alle decorazioni. Anche se abbiamo in programma di visitare Salem, nel Massachusetts, per la nostra seconda luna di miele. Il posto dove hanno fatto i processi alle streghe.» Fa un respiro profondo e si guarda attorno. «Non ho mai pensato che arrivasse questo giorno.»

«Se solo non vi foste separati la prima volta» borbotta Jenna.

Suo padre diventa serio. «Eravamo giovani, ci trovavamo davanti delle difficoltà per la prima volta e ce la prendevamo l'uno con l'altra. Adesso siamo entrambi a un punto diverso della vita. Ci vediamo al ricevimento. Devo andare a salutare alcune persone.»

Appena non è più a portata d'orecchio, Jenna sbotta: «È così superficiale quando parla dell'aver fatto a pezzi la nostra famiglia».

«Praticamente sono l'esempio di quello che non si dovrebbe fare» dice Eve. «Non riesco ancora a credere che si siano rimessi insieme *e* che vogliano renderlo ufficiale. Io non mi sposerò mai. E lo dico anche dopo gli anni di terapia che ho dovuto affrontare a causa del loro divorzio.»

È sorprendentemente aperta su tutto. Non vede me o Jenna da anni. Praticamente per lei siamo degli estranei.

«Nemmeno io» dice Jenna. «La metà delle volte finisce male. Non ne vale la pena.»

Detesto il fatto che Jenna veda i problemi dei suoi genitori come l'unico modo in cui può andare un matrimonio, quindi cito l'esempio dei miei genitori. «Oppure va benissimo, e poi uno dei due muore.»

Si voltano entrambe a guardarmi, inorridite.

«È morboso» dice Eve.

«È il caso dei miei genitori. Pensavo che stessimo parlando dei problemi dei nostri genitori.»

Jenna mi mette un braccio intorno alla vita e stringe. «Mi dispiace per i tuoi genitori.»

Io le metto un braccio sulla spalla. «Mio padre non ha mai rimpianto di essersi sposato giovane perché gli ha dato più tempo con mia madre. Diceva sempre che per il vero amore valeva sempre la pena di lottare.»

Eve mi fissa, pensierosa, prima di rivolgersi a Jenna. «Pensi che quello tra i nostri genitori sia vero amore?»

«No» risponde Jenna. «Penso che siano due persone di mezz'età, sono stanchi di stare da soli.»

La ragazza dei miei sogni è spaventosamente pessimista quando si parla dell'amore. «Che pensiero romantico» dico prendendola in giro, anche se mi sento a disagio.

«Oramai mi conosci» dice Jenna.

Mi dico che è così solo quando si tratta dei suoi genitori. Per noi le cose sono diverse. Giusto?

Ma non vuole ancora parlare a Sydney di noi. E non promette bene per il nostro futuro. Ammesso che abbiamo un futuro. Potrei essermi messo in testa io che il nostro rapporto è più di quello che è in realtà, a causa del fatto imbarazzante che la desidero da troppo tempo.

Dagli altoparlanti esce forte la musica. È *The Monster Mash*. Una donna indica a tutti di sedersi.

«Perfetto» sussurra Jenna. «Un matrimonio mostruoso.»

15

Jenna

Sono seduta nella prima fila tra Eve ed Eli, nei posti che ci sono stati assegnati, tentando di sembrare felice invece di ribollire come sto facendo davvero. Papà sembra impaziente, in piedi con il suo testimone, un tipo calvo di mezz'età che non conosco. Nessun altro, solo una inquietante musica di Halloween mentre restiamo qui seduti ad aspettare la sposa. Probabilmente arriverà presto una dama d'onore.

Papà continua a sbirciare lungo il corridoio. È una cerimonia ristretta, solo una trentina di persone che sembrano essere i loro amici. I miei parenti non ci sono. Forse i miei genitori non pensavano che la nostra famiglia avrebbe voluto festeggiare con loro, dopo tutto il casino provocato. Non sono in buoni rapporti con i loro genitori da quando la mamma è rimasta incinta di me. Giusto, ho distrutto io la famiglia prima ancora di nascere.

Una donna bruna con un abito di satin verde scuro si avvicina a mio padre con un mazzo di garofani bianchi in mano. Probabilmente la dama d'onore. Sembra avere l'età della mamma. Mio padre aggrotta la fronte mentre parlano.

Do un'occhiata a mia sorella, così adulta e composta. Sarà

in città fino a domani sera. Spero che riusciremo a passare ancora un po' di tempo insieme.

Mi chino verso di lei e sussurro: «Pensi che la mamma abbia cambiato idea?».

Le sussurra in risposta: «Tu la conosci meglio di me, lo farebbe?».

«Non ne ho idea. Non fingo nemmeno di capirla.»

Guardo papà che sembra sempre più ansioso. Gli invitati stanno diventando più rumorosi, si chiedono tutti che cosa stia rimandando la cerimonia.

Finalmente arriva la mamma, con un abito da cocktail rosa e una tiara. È carina e ha ancora una figuretta snella. Devo ammettere che non si indovinerebbe mai che ha quarantotto anni. Mi ha avuta quando ne aveva diciannove. La gente diceva sempre che avremmo potuto passare per sorelle, mentre tutto ciò che volevo io era riavere la mia vera sorella.

Comincia a suonare la marcia nuziale e lei percorre il corridoio a passo lento, tenendo in mano un piccolo bouquet di rose pallide, tulipani e foglie autunnali. A circa metà del corridoio, guarda a destra e a sinistra, poi accelera come se fosse ansiosa di raggiungere nostro padre. Forse si sente a disagio a essere al centro dell'attenzione. Il loro primo matrimonio era stata una breve cerimonia in municipio.

La musica smette un po' in ritardo, quando qualcuno corre a spegnerla.

Il ministro comincia: «Carissimi...».

La mamma alza una mano per zittirlo. «Mi scusi, devo parlare con Andrew.»

Uh-uh. Scambio un'occhiata con Eve. Non va bene.

La mamma e il papà stanno sussurrando tra di loro. Dopo un po', il volume della voce di mio padre aumenta.

Eve e io ci scambiato un'occhiata rassegnata. Conosciamo bene i sintomi precursori di un litigio. Do un'occhiata a Eli, che sembra a disagio.

«Mi dispiace!» grida mia mamma. «Non posso sposarti.»

«Perché?» le chiede nostro padre. «Hai detto che mi amavi e io non ho mai smesso di amarti, Meghan.»

La mamma risponde agitando le mani. «Il matrimonio è una cosa seria. È per sempre. Troppa pressione. Non possiamo incasinare tutto una seconda volta.» E scappa, correndo verso il casale dove ha probabilmente lasciato i suoi vestiti.

Papà la rincorre.

Si alzano tutti in piedi a guardare mentre lui la chiama. Spariscono dentro la casa. Un melodramma, come al solito.

«Porca paletta» mormora Eli.

Incrocio le braccia. «Lo sapevo. Grazie al cielo non ho mai creduto a questa riunione.»

«Avevo anch'io i miei sospetti,» dice Eve, «ma, casomai avesse funzionato, non volevo che si arrabbiassero perché non ero presente al loro matrimonio. Pensa un po' come saranno le prossime riunioni di famiglia.»

«Come se ci fossero mai state riunioni di famiglia» esclamo.

Eve mi rivolge un'occhiata comprensiva. «Dovremmo farlo. Noi due. Forse potresti venire a trovarmi a Los Angeles.»

Sorrido, con le lacrime agli occhi e la gola stretta. «Mi piacerebbe. Almeno da questo disastro è uscito qualcosa di buono.»

«Mi dispiace, Jenna» dice Eli.

«Non è niente di più di ciò che mi aspettavo» dico.

Eli mi guarda negli occhi e dice gentilmente: «È comunque sgradevole».

La situazione attuale, sommata a tutto il dolore passato, alla fine è troppo e scoppio a piangere. Mi rivolgo a Eve, l'unica persona che l'ha vissuto con me: «Non sono nati per stare insieme e non so perché non riescano a farsene una ragione e a voltare pagina. Perché continuano a coinvolgerci nei loro drammi?».

«L'amore può essere veramente incasinato» dice Eve, accarezzandomi il braccio. «Vuoi parlare? Possiamo tornare nella mia stanza d'albergo, fiondarci sul minibar e sfogarci.»

Annuisco tra le lacrime. «Mi sembra un'ottima idea.» Mi rivolgo a Eli. «Vado con Eve. Ci vedremo più tardi.»

«Fermati a casa mia domani» mi dice. «Ho il turno serale.»

«Probabilmente starò con Eve.» Le stringo il braccio. «Abbiamo parecchio da recuperare e lei partirà domani sera.»

«Possiamo parlare per un minuto?» mi chiede Eli.

«Certo.» Mi asciugo gli occhi e lo seguo a breve distanza.

«Potrei esserci anch'io per te, lo sai?» mi dice.

«Grazie, ma Eve mi capisce. Abbiamo passato entrambe lo stesso inferno.»

Eli stringe i denti. «Jenna, sto tentando con tutte le mie forze di essere paziente con te, ma non riesco a non pensare che tu non ritenga che facciamo sul serio.»

Resto a bocca aperta per la sorpresa. «Cosa?»

Alzo un dito. «Non vuoi parlare di noi a Sydney. Ti rivolgi a quella che è praticamente un'estranea quando sei sconvolta. È ovvio che non siamo sulla stessa linea.»

Spalanco gli occhi. La sua rabbia mi prende alla sprovvista. «È mia sorella. Perché ti comporti così? Sono io quella sconvolta adesso. Tu dovresti confortarmi.»

Lui fa un passo indietro. «Ehi, prenditi tutto il tempo che ti serve. Non preoccuparti per me.»

«Eli, dai, per favore. Sai che ci tengo a te.»

Mi guarda a occhi stretti. «Allora, perché ci stiamo ancora nascondendo? Stai scommettendo sul fatto che finirà presto tra di noi e quindi non dovrai mai preoccuparti di dirlo a Sydney?»

Me la sono fatta sotto, ma non posso dirglielo. Avevo intenzione di parlarle una volta superato il trauma del matrimonio dei miei genitori. Riesco a sopportare solo una certa quantità di sconvolgimenti emotivi nella mia vita. Ho detto a Eli che volevo aspettare fin dopo il matrimonio per parlare con Sydney, ma lui aveva insistito. Non potevo rischiare di perdere la mia amica mentre stavo affrontando gli altri casini.

«Non era il momento giusto» dico in modo poco convincente.

«A me non sta più bene. Addio Jenna.»

Si volta e se ne va. Che diavolo! Abbiamo appena rotto durante l'orribile rottura tra i miei genitori?

«Il tuo tempismo fa schifo» grido.

Lui non si volta indietro.

Eli

Mi sembra di avere un buco nel petto, come se fosse Jenna ad andarsene in giro con il mio cuore. Ho permesso al mio caratteraccio di averla vinta ieri, già nervoso perché Jenna aveva mantenuto il segreto così a lungo. Ha avuto due settimane per informare Sydney e non l'ha fatto. Ho sospettato il peggio e poi l'ho battuta al suo stesso gioco, mettendo fine alla nostra relazione. *Mossa idiota.*

L'unico motivo per cui non ho cancellato la festa in costume di stasera è perché spero che Jenna sia qui. È la sera di Halloween e ho la serata libera solo perché ho lavorato ieri sera, nella serata degli scherzi. Gente, quei piccoli delinquenti hanno rimpianto di aver pensato di rivestire con la carta igienica e lanciare uova sulle case. Ieri sera non ero in vena di stronzate.

Parcheggio la mia Mustang nel lungo viale di Wyatt e Sydney di fianco alla loro grande casa a due piani, rivestita di assicelle grigie. C'è un faro, anch'esso grigio con la cima bianca alla destra della casa. Una delle eccentricità del precedente proprietario, che aveva installato un faro in una zona senza sbocchi sul mare. In effetti è una torre idrica, costruita per sembrare un faro.

Scendo dall'auto e respiro a fondo l'aria fresca, guardandomi attorno. Non vedo l'auto di Jenna, ma potrebbe essere venuta con Audrey.

Jenna ha passato ieri sera e la maggior parte di oggi con sua sorella e non ha risposto ai miei messaggi e alle mie chiamate. Se potessimo solamente parlarne, sono sicuro che riusciremmo a trovare una soluzione. Non insisterò nemmeno perché venga allo scoperto con Sydney. Usciremo solo per fare una conversazione in privato e le spiegherò che non voglio farla finita con lei. Sono troppo suscettibile perché è da sempre che la desidero, ma è ora di dimenticare quella fantasia e affrontare la realtà di una relazione con Jenna. Le cose sono fantastiche tra di noi. Non perfette, ovviamente, ma comunque...

Suono il campanello, con l'adrenalina che mi scorre nelle vene.

Wyatt apre la porta, con Palla di Neve, il suo shih tzu bianco, sotto un braccio. Palla di Neve ha un costume da calabrone. Sembra infastidita e ha ragione, dato che indossa una fascia per capelli nera con grosse antenne gialle. Il suo incrocio di pitbull, Rexie, è al suo fianco, con ali di farfalla rosa e una fascia altrettanto ridicola con antenne rosa e viola.

«Non ho sentito abbaiare, come mai?» chiedo ai cani. Di solito all'ingresso ce n'è per tutti.

Wyatt sogghigna, è il re dei sogghigni. Ha i capelli castani arruffati, un po' di barba sulle guance. «Sono stanchi morti, dopo tutti gli altri ospiti, e prima che commenti sui loro costumi da femminucce, le ha vestite Kayla.» È sua sorella minore, una donna dolcissima e allegra che adesso è fidanzata con mio fratello Adam, molto più riservato di lei.

«Avrei potuto indovinarlo.»

«Dov'è il tuo costume?» mi chiede Wyatt.

«E il tuo?»

«In cucina.»

Lo seguo nella cucina moderna con una grande isola di granito ed elettrodomestici di livello industriale in acciaio inox. Adam e Kayla sono accanto all'isola, insieme a mia sorella Sydney, le due sorelle di Wyatt, Brooke e Paige, e qualche altra persona del luogo. Niente Jenna o Audrey.

Wyatt si mette una fascia con le corna da diavolo. «Io sono Satana, chiedi a tua sorella.»

Sydney indica le corna da diavolo che porta anche lei. Ha i lunghi capelli color Tiziano raccolti in una coda di cavallo. «E io sono una diavolessa. Eli, dai, questa è una festa in costume. Tu che cosa dovresti essere?»

Depresso.

Mi tolgo la giacca di pelle e mostro la mia maglia bianca con un codice a barre e la scritta: COSTUME GENERICO DI HALLOWEEN. La tiro fuori tutte le volte in cui mi chiedono di arrivare in costume.

«Patetico» proclama Sydney. «Ed è almeno l'ottava volta che la porti ad Halloween!»

«Non va mai fuori moda» dico.

«Mi piace» dice Wyatt. «Furbo. Prenditi da bere. C'è altra gente in soggiorno. Penso che qualcuno voglia fare una seduta spiritica e c'è anche una chiromante.»

Mi chiedo se Jenna sia lì. E potrebbe essere con Audrey, la mia alleata.

«Grazie.» Saluto tutti mentre gironzolo per la cucina cercando qualcosa che mi piacerebbe bere. Wyatt si è rifornito di birra alla zucca, vino dolce e sidro speziato. Niente che mi attiri.

Mio fratello Adam mi mette in mano una birra di produzione locale. È alto e snello con capelli corti castano scuro e le guance sempre con un velo di barba. «Ecco. Ho portato la mia roba.»

«Grazie.»

La apro, bevo un sorso e sorrido a Kayla. È minuta, piena di energia con capelli castani e occhi marrone chiaro come suo fratello Wyatt. «Come va l'organizzazione del matrimonio?» le chiedo, non perché mi interessino i matrimoni ma perché Kayla e Adam indossano t-shirt abbinate, con le scritte Sposa e Sposo. Lei ha addirittura il velo. È chiaramente qualcosa di cui le piacerebbe parlare.

Sorprendentemente è Adam che risponde. «Bene.» Ha addirittura sorriso dicendolo. Non è mai stato un tipo sorridente, prima di conoscere Kayla.

«Fantasticamente!» esclama Kayla e poi mi racconta per filo e per segno tutti i particolari della cerimonia, dallo stupendo cuscinetto su cui ci saranno gli anelli e quello che ha intenzione di indossare quando partiranno per la loro luna di miele alle Hawaii.

«Non avevo idea che fosse così impegnativo organizzare un matrimonio» dico.

«È per questo che sono così felice di avere Hailey al mio fianco. È la mia wedding planner a Clover Park.» Dà una stretta al braccio di Adam. «Piace anche a Adam.»

Aggrotto la fronte, concentrandomi. Il nome mi sembra familiare.

«Certo,» dice Adam, «più che altro perché avere una wedding planner fa felice Kayla.»

Kayla gli mette le braccia intorno alla vita e stringe. «Oh, Adam, ti amo.»

«Ti amo anch'io» risponde lui burbero.

Mi volto per non assistere a tutte quelle dichiarazioni amorose e Sydney mi afferra il braccio tirandomi verso le sorelle di Wyatt. «Ricordi Brooke e Paige?»

«Sì, le ho già salutate.»

Sydney sorride felice. «Beh, Brooke è single.»

Mi cadono le spalle, di colpo sono così stanco. Non sarebbe mai successo se Jenna avesse parlato di noi a Sydney e adesso non siamo nemmeno più insieme.

Brooke, una brunetta con lunghi capelli diritti, diventa di colpo rosso fuoco e guarda ovunque pur di evitare di guardare me. Probabilmente non aiuta il fatto che è colta di sorpresa mentre indossa un costume peloso da topo con tanto di naso dipinto e baffi.

Sua sorella Paige, una donna come Sydney, una dura che dice sempre quello che pensa, nasconde un sorriso e se la svigna nell'altra stanza senza dire una parola. Almeno Paige indossava un camice da medico completo di stetoscopio, meno imbarazzante. Abbastanza dignitoso. Povera Brooke, tentano di accoppiarla quando è un topo coi baffi...

«Pensavo che stasera lo avremmo evitato» sussurra Brooke a Sydney.

«Posso parlarti per un minuto, Syd?» le chiedo.

«Certo. Non andartene, Brooke. Torneremo subito.»

La tiro dall'altra parte della stanza, accanto a una zona pranzo. «Non tentare di accoppiarmi a Brooke.»

«Perché no? Avete la stessa età, siete entrambi single. Lei è molto dolce e anche intelligente. Ha avuto un po' di sfortuna con gli uomini, ma sta cercando una persona seria. Potresti essere tu. Ed è un architetto. Non è fico?»

«Innanzitutto non ho bisogno che mia sorella mi trovi una donna.»

«È diverso. Lei è di famiglia. Mi piace moltissimo e se le dessi una possibilità...»

«Syd, no. Lascia perdere.»

«Sei ancora single, giusto?»

Adesso sì. «Sì, ma non importa.»

«Oh, dai. Almeno parla con lei.»

Appoggio la birra sul tavolo con un tonfo. «Ascoltami attentamente. Non tentare di farmi uscire con Brooke o nessun'altra. Ho appena rotto con l'amore della mia vita, mi sento di merda, e non *voglio* nessun'altra. Okay?» Alla fine della frase ho alzato la voce. Non sono riuscito a farne a meno.

Sydney resta a bocca aperta.

Continuo, con le parole che escono mio malgrado. «E tu sai che una parte delle ragioni per cui non sto con lei è perché continui a ripeterle che lei non va bene per me, che è incapace di avere una relazione seria, mentre avresti dovuto incoraggiarla, in modo che cercasse di superare i suoi problemi e desse una possibilità all'amore.»

Lei mi fissa stupita. «Stai parlando di Jenna? È *lei* l'amore della tua vita? Perché lo sento solo adesso?»

«Perché era terrorizzata, sapeva che non avresti approvato.»

Lei guarda oltre la mia spalla, stringendo gli occhi. Seguo la direzione del suo sguardo. Jenna e Audrey sono appena arrivate.

Faccio un passo avanti. «Jenna.»

Lei si ferma in anticamera, fissandomi. Nemmeno lei indossa un costume. Ha il viso pallido, gli occhi stanchi.

Sydney ci guarda. Audrey, vestita da strega, mi rivolge un piccolo sorriso e va in cucina.

Vado da Jenna. «Possiamo parlare un minuto da soli?»

Sydney appare al mio fianco. «Aspetta un attimo.»

«Syd» sbotto. «Dacci solo un minuto.»

«È lei il motivo per cui ti senti così di merda da non riuscire a dire due parole a un'altra donna?» mi chiede Sydney.

«Sì e mi piacerebbe avere un minuto per parlare con lei senza...»

«Come hai potuto!» esclama Sydney, rivolta a Jenna.

Jenna alza le mani. «Abbiamo rotto.»

«Di' pure che l'hai scaricato! Esattamente come sapevo che avresti fatto.»

«No, Syd» comincio a dire.

Sydney mi interrompe per avventarsi su Jenna. «Non riesco a credere che abbia potuto agire alle mie spalle in questo modo! Da quanto tempo va avanti?»

«Non da molto» dice Jenna, lanciandomi un'occhiata implorante.

Due mesi. Non ho intenzione di mentire, quindi resto zitto.

«Che cosa vuol dire "non molto"?» chiede Sydney, fissando Jenna e poi me.

«Io-io...» Jenna si accascia. «Mi dispiace, okay?» Si volta e corre verso la porta. Io la seguo immediatamente.

«Che cosa sta succedendo?» chiede Wyatt, arrivando dietro di noi.

Sydney risponde a voce abbastanza alta da farsi sentire da noi. «Oh, niente. Solo la mia migliore amica che ha agito alle mie spalle, mettendosi con mio fratello, dal quale le avevo detto già da mesi di stare lontana.»

Chiudo la porta alle nostre spalle proprio mentre Jenna mi rivolge l'occhiata più triste e addolorata che abbia mai visto. «È finita, Eli. È finito tutto. Vado a casa.»

«Dobbiamo parlare.»

Lei alza una mano. «Non sarò mai la ragazza dei tuoi sogni come speravi. Perché pensi che Sydney sia così arrabbiata? Aveva ragione. Dovremmo solo dirci addio e prendere strade diverse.»

«Mi sbagliavo.»

La sua espressione cambia, diventa impassibile. Si volta e si affretta ad andare alla sua auto.

Maledizione.

«Non puoi semplicemente andartene. E Audrey?»

E noi?

Lei non si volta. «Troverà qualcuno che l'accompagni a casa.» Sale in auto e parte, passando sopra il prato nella fretta di andarsene.

Mi ficco le mai sui fianchi. Se non riesce a vedere com'era meraviglioso quello che avevamo, allora è colpa sua.

Abbasso la testa. Solo che fa altrettanto male a me.

16

Jenna

Sono passati solo due giorni dalla festa in costume da incubo, tre giorni da quando Eli e io abbiamo rotto dopo il mancato matrimonio dei miei genitori ed è stato orribile. Non riesco a dormire né a mangiare. Sydney non vuole parlarmi. È furiosa perché ho agito alle sue spalle, e chi può biasimarla? E per che cosa? Eli mi ha lasciato perché sospettava che per me la nostra relazione non fosse seria come lo era per lui. Non so nemmeno che cosa significa. Matrimonio? Forse dopo aver sentito mia sorella e me parlare di come non ci saremmo mai sposate ha visto chiaramente il futuro e non gli è piaciuto. Dio, sapevo che sarebbe finito tutto in modo orribile. Tranne che non pensavo che avrei avuto tanti rimpianti.

È martedì, il mio giorno libero e sembra che non riesca ad alzarmi dal divano. Ho delle cose da fare oggi. C'è solo una donna al mondo che potrebbe capire la mia situazione: Eve. Abbiamo passato ore a parlare dopo il fallito matrimonio dei nostri genitori. Abbiamo parlato dei vecchi tempi e dei punti di vista differenti su ciò che era successo. Le ho raccontato perché Eli mi aveva lasciato. Eve è molto più saggia dopo la difficile terapia psicologica. La chiamo. Qui è pomeriggio e spero di trovarla durante la sua pausa pranzo in California.

Appena risponde le chiedo: «È un brutto momento?».

«Sto pranzando in fretta nella mia auto. A volte ho bisogno di un po' di tempo da sola dopo tutta la gente nella sala scrittori. Voglio bene a tutti loro, davvero. Però sai, sono introversa.»

Io sono estroversa, quindi è interessante vedere come possono essere diverse due sorelle. Abbiamo lo stesso patrimonio genetico e abbiamo entrambe avuto la stessa infanzia incasinata. Forse anche i nostri genitori sono troppo diversi. Io ho decisamente preso più da mia madre e, ora che ci penso, Eve è più come nostro padre. «Ti sei mai chiesta perché mamma e papà si siano messi insieme al college?»

«Penso che ormoni più alcol per loro equivalessero all'amore, dato che si erano conosciuti a una festa.»

«Già. Pensavo che fosse qualcosa del genere.» Sospiro. «Le cose si sono incasinate con Eli. Abbiamo rotto e penso che volesse riconciliarsi, ma poi la mia migliore amica, sua sorella Sydney, ha scoperto che avevo agito alle sue spalle e adesso non vuole più parlarmi. Mi sembra di averli persi entrambi.» Mi si riempiono gli occhi di lacrime e mi manca la voce. «E mi mancano tanto.»

«Hai detto qualcosa che non puoi ritrattare all'uno o all'altra?»

«No, non credo. Sono scappata quando Eli ha cercato di parlarmi perché Sydney era così furiosa...»

«Perché avrebbe dovuto essere furiosa?»

«Sa quanto sono stata traumatizzata e non voleva che lo ferissi. Non si sbaglia. Non ho mai avuto una relazione seria e guarda come si è incasinata questa.»

«Jenna, alcune delle cose che dici mi fanno pensare che probabilmente pensi di non essere all'altezza.»

«È così!»

«Mi sono sentita anch'io così per molto tempo. Non ti farebbe male tentare la terapia psicologica per risolvere alcuni problemi del passato, in modo che non interferiscano con le tue relazioni attuali.»

Mi passo una mano tremante tra i capelli. «Non ho mai

pensato che avrei avuto una relazione così, sai? Non pensavo che sarei mai stata così legata a qualcuno, se non fosse stato lui. Eli, non so come, mi faceva sentire al sicuro. Immagino sia perché ci conoscevamo da tanto tempo.»

«Al sicuro, eh? La maggior parte delle persone lo trove-rebbe noioso, ma ho la sensazione che sentirti al sicuro sia esattamente ciò di cui hai bisogno.»

«Oh, lui non è noioso, per niente. La maggior parte delle volte sento semplicemente che con lui mi posso rilassare.»

«E abbassi le tue difese.»

«Un po'. Ma non abbastanza però. Avrei dovuto dirgli che cosa provo. Che con lui faccio sul serio. Che lo amo.» Sento sparire un peso e mi metto seduta sul divano. «Veramente. Non so che cosa significhi per il futuro, ma almeno dovrei dirglielo, non credi?»

«Sembra che tu sappia già qual è la cosa giusta da fare.»

Più facile a dirsi che a farsi.

«E se non bastasse? E se lui dicesse: "E allora?". Mi fa paura.»

«È l'unico modo per scoprirlo.»

Sono un fascio di nervi al pensiero. «Immagino tu abbia ragione.»

«Spero che dopo la nostra maratona di chiacchiere quest'ultimo fine settimana...» Finge un colpo di tosse dicendo *terapia gratuita,* «...tu abbia una visione diversa degli avvenimenti. Ciò che è accaduto quando eravamo bambine non aveva niente a che vedere con noi. E non ce l'ha nemmeno adesso. Non avevamo colpe. Nessuna.»

Faccio un respiro profondo, cercando di credere alle sue parole nel mio profondo, dove vive il dolore.

«So che ce la puoi fare. Hai fatto un salto nel vuoto lasciando la tua carriera nell'IT e ricominciando con la tua impresa. C'è voluta molta forza e fiducia in te stessa. Esatta-mente ciò che ti serve per riconquistare Eli.»

«E se fosse troppo tardi?»

«Non preferiresti saperlo con certezza, invece di non fare niente?»

«Se la metti così...»

«Però non tamponare la sua auto per attirare la sua attenzione, come la prima volta.»

Sento che sta sorridendo. «Ti ho detto che è stato un incidente, sapientona. Penserò a qualcosa. Grazie, Eve, ho apprezzato il discorso di incoraggiamento.»

«Fammi sapere come va a finire.»

«Lo farò. Ti voglio bene.»

«Ti voglio bene anch'io.»

Riattacco e stringo al petto un cuscino, con gli occhi pieni di lacrime. Se ho potuto riconciliarmi con Eve dopo anni di silenzio, posso sicuramente riconciliarmi con Eli. Mia sorella però mi è venuta incontro a metà strada. Non so se avrò lo stesso trattamento da Eli, dopo averlo lasciato due volte.

Una cosa alla volta, è ora di fare la pace con Sydney.

Mi vesto e vado direttamente all'Horseman Inn appena prima che il ristorante apra per la cena, cioè quando sono chiusi, ma ci sono i dipendenti all'interno che stanno preparando. Busso alla porta.

Un momento dopo, Sydney mi guarda attraverso il vetro, con un'espressione dura.

Comincio a sudare freddo.

Lei apre la porta. «Che c'è?»

«Devo parlarti e spiegarti. Per favore, ascoltami.»

Lei mi indica di seguirla. Ci sediamo in un tavolo d'angolo nella sala anteriore. Le uniche altre persone sono Betsy, la barista che si sta preparando dietro al bancone, e un inserviente che sta lavando il pavimento nella sala da pranzo dietro.

«Innanzitutto, mi dispiace veramente tanto di non avertene parlato per così tanto tempo» dico. «All'inizio era tutto così nuovo e fragile. La mia prima relazione seria.» Mi manca la voce. «Non me l'aspettavo. Eli è stata una sorpresa.» Sbatto le palpebre per ricacciare indietro le lacrime. «Per il nostro primo appuntamento, mi ha rapita per un fine settimana, in modo che potessimo conoscerci.»

«Cosa? Ti ha rapita?»

«Sì, è stato folle. Mi ha ammanettato e tutto il resto e mi ha portato nella sua auto. Poi si è diretto a gran velocità fuori dalla città, verso il New Hampshire.»

Sydney si appoggia allo schienale, scuotendo la testa. «Quando penso che si sia messo sulla buona strada, lui tira fuori una cosa del genere. Quindi mi stai dicendo che è lui l'istigatore.»

«Non voglio dare tutta la colpa a lui. Sono stata attratta da lui fin dal momento del nostro tamponamento, ma non avrei fatto niente perché mi avevi avvertito di stargli lontana e una parte di me era d'accordo, ero troppo traumatizzata per avere una relazione. Pensavo che alla fine sarebbe rimasto ferito e che non potevo avere un rapporto informale con qualcuno che conoscevo da tutta la vita...»

«Per non dire poi che avresti dovuto vederlo in giro.»

«Esattamente, ma, Syd, Eli ha reso le cose così facili. È così caloroso e divertente. Era tutto ciò di cui avevo bisogno nel momento in cui ne avevo bisogno e, non so come, ho trovato il modo di andargli incontro a metà strada.»

Sydney aggrotta la fronte. «Audrey lo sapeva.»

Le afferro il braccio. «Non stavo cercando di escluderti. Beh, in effetti sì, ma solo per non perdere la tua amicizia. Comunque, Audrey è quella che lo ha aiutato a rapirmi. Ha detto che era l'unico modo che aveva Eli per conoscermi, restare da soli, lontani da qui per un lungo periodo di tempo.»

«Uhm. Da quel punto di vista potrebbe avere avuto ragione.»

«Sì!»

Sydney scuote la testa. «Sono ancora incazzata perché sono stata l'ultima a saperlo.»

«Giuro che non ti nasconderò mai più niente. E provo dei sentimenti per lui. Profondi. Lo amo.» Mi mordo il labbro che trema. «Non l'ho nemmeno ancora detto a lui.»

Sydney rimane senza fiato.

Io annuisco, con la vista offuscata dalle lacrime. «È vero. Riesci a credere che è finalmente successo a me? Non credo che sarebbe stato possibile con chiunque altro. Con Eli mi sentivo abbastanza al sicuro, lui è stato abbastanza insistente, proprio... Tutto quello che avevo mai voluto.»

«Jenna! Oh mio Dio.» Si lancia verso di me abbracciandomi. «Il mio fratellino ti ha guarito da tutta la tua orribile storia di relazioni sbagliate!»

«Fratellino? Non è più così piccolo.»

Sydney sorride. «Hai ragione. Ho fatto un casino. Ti voglio bene e avrei dovuto sostenerti. Non mi ero resa conto che provassi dei sentimenti per lui, ma non è questo il punto. Mi dispiace.»

«Dispiace anche a me.»

Lei sospira. «Devo cercare di essere meno oppressiva quando si tratta di Eli e Caleb. Obbligo ancora Caleb a mandarmi un messaggio quando viaggia per lavoro, per sapere che è arrivato sano e salvo.»

Le do un colpetto con la spalla. «Va bene ma, per favore, non interferire con la sua vita amorosa.»

Lei alza le mani. «Ho imparato la lezione. Inoltre Caleb non è interessato a una relazione seria. Mi sento più dispiaciuta per le donne che si innamorano di lui.» Mi afferra le mani, con la voce seria. «Mi dispiace che questa storia si sia messa in mezzo tra di noi. Sono stata iperprotettiva. Hai fatto la cosa giusta, agendo alle mie spalle, altrimenti ti sarei stata addosso e avrei schiacciato la tenera piantina che era la vostra relazione, che adesso è fiorita ed è diventata amore. È tutto ciò che ho sempre desiderato per Eli. Per entrambi voi. Non sapevo però che fosse ciò che volevi per te stessa.»

«Adesso sì. Eli voleva dirtelo, insisteva e io continuavo a dirgli che lo avrei fatto e poi rimandavo. Avevo troppa paura di perderti.»

«Sono stata un'idiota» mi dice Sydney, magnanima.

Io sorrido. «Se sei d'accordo, vorrei tentare di tornare con lui. Abbiamo rotto e poi lui ha tentato di fare la pace e io ero troppo sconvolta, per noi due e...»

«Per favore, vai e riconquista il tuo uomo!» Si alza e mi fa segno di uscire.

Mi alzo, un po' incerta. «Non so esattamente come fare.»

Lei mi dà una spinta. «Digli che lo ami. È la parte importante.»

Esco, sentendomi molto più leggera di quando sono entrata.

Ma mentre vado verso casa, i miei pensieri sono aggrovigliati, continuo a ripensare a che cosa ha fatto sì che Eli e io ci lasciassimo due volte e come impedire che succeda di nuovo. Due cose sono evidenti: lui mi vede come la sua ragazza ideale, e io non sarò mai all'altezza di quell'immagine, e il terrore che provo io al pensiero di ripetere gli errori dei miei genitori. Innanzitutto è necessario che siamo su un piano di parità e poi di dimostrargli che il mio amore è reale.

Dopo la mia lunga chiacchierata con Eve durante i fine settimana, penso di sapere come fare.

Il giorno dopo, vado nello studio del veterinario, il dottor Russo. Questo potrebbe essere il piano più strano mai pensato da qualcuno per riconquistare una persona, ma a me sembra giusto. Dico alla receptionist il motivo per cui sono qui e aspetto. Non ho ancora mai incontrato il dottor Russo da quando è arrivato in città l'anno scorso. Ero troppo occupata a costruire la mia impresa.

Poco dopo il dottor Russo esce nella sala d'attesa, con un camice azzurro. È giovane, sui trent'anni, con folti capelli castani e una barba corta. Mi tende la mano. «Salve, sono il dottor Russo. È un piacere conoscerla, Jenna. Siamo solo alla prime fasi per il rifugio, quindi ci sono poche alternative tra cui scegliere. Mi segua.»

Esatto, sono dal veterinario. Ho visto il suo elenco di animali abbandonati sul suo sito e ho compilato la richiesta di adozione. Non mi ero mai permessa di prendere un cane perché volevo evitare il dolore di perderne un altro. Questa sono io che si avvia con ottimismo verso il futuro. Eli aveva menzionato il fatto che il dottor Russo voleva costruire un rifugio e sembra che sia partito bene. Lo seguo in una stanza posteriore con qualche grossa gabbia per i cani e qualcuna più piccola, in alto, per i gatti.

Indica una piccola gabbia. «Abbiamo una coppia di gatti tricolori, madre e figlia. Entrambe molto dolci.»

Guardo i gatti. Sono rannicchiati insieme e dormono. «Immagino che vorrebbero restare insieme.»

«Non importa, purché finiscano in una casa accogliente. Ha mai avuto un gatto in passato?»

«No. Una volta avevo un cane. In effetti, so che è quello che voglio.» Vado verso i cani e mi inginocchio per guardare nelle gabbie. Uno è un cane bianco e nero con le orecchie a punta. Sta dormendo e apre per un attimo gli occhi quando lo saluto.

«Quello è un vecchietto» dice il dottor Russo. «È molto tranquillo, come vede. Boston Terrier. Lo chiamo PJ, ma non so se continuerà a chiamarsi così.»

Mi volto verso l'altro cane. È un piccolo pitbull marrone, rintanato in fondo alla sua gabbia. È quello che speravo di prendere quando ho visto l'elenco online. Un amico per Lucy. «Vieni, cagnolino. Vieni un po' più vicino.»

Il cane sembra diffidente.

Il dottor Russo mi passa un biscotto. «Lo chiamo Mocha per il colore del pelo.»

Sorrido. «È perfetto, perché sono una pasticcera. Il cappuccino è ottimo.» Offro il biscotto al cane attraverso le sbarre. «Un biscottino per te. Sai che lo vuoi.»

Mocha annusa l'aria e si avvicina lentamente.

«Un po' più vicino» lo invito.

Il cane afferra di scatto il biscotto e io tiro indietro in fretta la mano. Lo porta in un angolo della gabbia voltandoci la schiena mentre lo mangia.

Il dottor Russo me lo indica. «Ha circa nove mesi.

Castrato, a posto con tutte le vaccinazioni, ma non ha mai avuto molto a che fare con gli esseri umani. Ci vorrà tempo e pazienza perché si abitui ai contatti sociali.»

Mi alzo. «Lo prendo.»

Il veterinario mi sorride. «Forse dovrebbe stare con lui un po' di più prima di decidere. Gli metterò un guinzaglio e potrà portarlo a fare una passeggiata; le sembra che vada bene?»

Annuisco, ma lo so già. Questo è il cane per me. È un po' traumatizzato, ma niente che tanto amore non possa curare. Proprio come me.

Il dottor Russo apre la gabbia e convince Mocha a uscire con un altro biscottino, poi gli aggancia un guinzaglio con bardatura. «L'avverto, è forte e non ben addestrato, quindi la bardatura funziona meglio durante le passeggiate. Non gli stringerà il collo come un collare, strozzandolo.»

«Capito.»

Prende dalla tasca qualche biscottino. «Nel caso debba convincerlo. Inoltre faranno in modo che lei abbia veramente un buon odore per lui.»

Infilo i biscotti nella tasca della giacca, prendo il guinzaglio e do a Mocha un biscotto. «È ora di fare una passeggiata!» Cerco di sembrare allegra e positiva, in modo che non si spaventi.

Mocha mi segue docilmente finché apro la porta della stanza, poi si lancia in avanti, strattonandomi il braccio. Rido e mi affretto in modo che non me lo stacchi. «Aspettami!»

«Accorci il guinzaglio avvolgendolo sulla mano!» urla il dottor Russo. «Non gli lasci troppo spazio.»

Mocha si ferma davanti alla porta di vetro dello studio del veterinario e la gratta con la zampa. Mi avvolgo il guinzaglio intorno alla mano per avere una presa migliore, assicurandomi che sia in un punto favorevole per fare leva. Sussurro a Mocha: «Faremo una breve passeggiata lungo la strada e poi indietro. Dobbiamo dimostrare che possiamo farlo insieme. Pronto?».

Lui continua a grattare la porta. So già che si lancerà di nuovo.

«Puoi sederti?» Tengo un biscotto sopra la sua testa. Lui salta e lo afferra, masticandolo.

Il dottor Russo scoppia a ridere dietro di noi. «Posso raccomandarle un addestratore che l'aiuti.»

Gli sorrido. «Credo proprio che accetterò il suo consiglio.» Mi rivolgo a Mocha. «Adagio» gli ordino.

Lui guarda me, poi la porta, poi ancora me.

Io apro la porta e lui si lancia. Punto i piedi, riprendendo il controllo. «Adesso andremo piano e tranquilli.» Cammino a passo svelto con Mocha che trotterella di fianco a me. Sembra entusiasta di essere all'aperto. Mi tira di lato e lo lascio annusare un segnale di Stop. Fa pipì lì accanto, poi annusa l'erba tutta intorno. Probabilmente un punto particolarmente popolare per i cani, vicino com'è allo studio del veterinario.

«Okay, continuiamo.» Do uno strattone al guinzaglio e continuiamo a camminare. Sto quasi tirandolo indietro verso di me, mentre lui va avanti, obbligandomi a raggiungerlo. Non è facile ma sono contenta. Penso che col tempo impareremo a camminare insieme.

Torno indietro e mi dirigo verso lo studio del veterinario. Mocha continua a tirare finché arriviamo al parcheggio e poi si ferma, puntando le zampe. Pensa che dovrà tornare nella gabbia.

Mi fermo e mi accuccio accanto a lui. «Voglio portarti a casa con me e poi dovrai tornare qui solo per i controlli, ma ti riporterò fuori subito dopo. Quindi sarà solo una visita. Ho intenzione di adottarti. Ti piacerebbe?»

Mocha annusa la tasca della mia giacca e riesce a ficcarci il naso, prendendo l'ultimo biscotto. Resta incastrato con il muso nel tessuto e scuote la testa per liberarsi. Rido, liberandolo. Lui mi lecca la mano, scodinzolando. Penso di piacergli.

Mi rimetto in piedi. «Okay, andiamo.»

Lo tiro avanti con un po' di fatica verso la porta e il dottor Russo la tiene aperta per noi. «Non voleva tornare.»

Il veterinario sorride. «Non vogliono mai entrare. I veterinari fanno loro le iniezioni e ficcano le dita dappertutto.»

«Non è stato facile, ma penso che la passeggiata sia andata bene. Mi ha leccato la mano.»

«È tutto suo. Preparo i documenti e abbastanza cibo per cani per un giorno. Congratulazioni!» Mi passa un berretto con la scritta "Dog Mom".

Sento una stretta al cuore e un'ondata di calore. Sono una mamma. Beh, della varietà canina, ma comunque... Mi fa sentire bene avere la responsabilità di amare questa creatura.

Mi metto il berretto. «È adorabile! Che bell'idea!»

«Grazie, sì, è vero. Li avevamo fatti fare per la raccolta fondi per il rifugio e ho pensato che sarebbe stata una bella idea regalarli a chi adottava i nostri cani. Non potremmo farcela senza l'aiuto di gente come lei.»

«Sono entusiasta.»

Accarezzo Mocha mentre aspettiamo i documenti. Lui è in piedi, con gli occhi fissi sulla porta d'ingresso. Sono già innamorata di lui. Non mi ero aspettata un legame così immediato. La mia idea era che adottare un cane sarebbe stato un bel modo di dimostrare a Eli che ero in grado di superare le ferite del passato, quando i miei genitori avevano dato via il mio cane, in modo che mi desse una seconda possibilità. E adesso ho scoperto che l'ho fatto per me stessa, per guarire.

Lanciandosi verso la porta, Mocha tira il guinzaglio che mi sfugge di mano. Mi lancio e riesco ad afferrarlo di nuovo. «Aspetta. Ti piace mangiare, no? Il dottor Russo sta tornando con il tuo cibo.»

Lo tiro indietro nella sala d'attesa. Mocha si sdraia ai miei piedi appoggiando la testa sulle zampe, rivolgendo verso di me i suoi grandi occhi da cucciolo. Ci vorrà un sacco di lavoro. E un sacco d'amore.

Non vedo l'ora.

⁓

Ho scoperto quando Eli aveva un giorno libero e ho chiesto alla mia assistente di coprire il mio turno per poter finalmente fare la mia mossa. È sabato, tre giorni dopo aver adottato Mocha. Dovevo permettergli di abituarsi alla nuova casa prima di portarlo da qualche parte. È sul sedile posteriore della mia auto. Immagino che sarà meglio presentarlo a Lucy all'aperto nel caso in cui lei non accetti volentieri un altro cane in casa sua. Eli vedrà che mi sto sforzando per voltare pagina e poi gli chiederò una seconda possibilità. Oh, gli ho anche preso delle rose e gli ho scritto un biglietto. Proprio come aveva fatto lui tanti anni fa.

Suono il campanello con i fiori nascosti dietro la schiena e l'adrenalina che mi scorre nel sangue. Mi apre la porta Caleb con Lucy che abbaia al suo fianco. «Ciao Jenna.» Poi ordina a Lucy: «Seduta».

Lei si siede e io allungo la mano per farmela annusare. Lei mi annusa come una pazza, probabilmente per via di Mocha.

«C'è Eli?» gli chiedo.

«Sì, entra. È di sopra, probabilmente di nuovo col muso lungo. Sai che gli hai spezzato il cuore, vero?»

Faccio una smorfia. Caleb dice sempre quello che pensa. «È stata una cosa reciproca. Dici che posso salire?» Estraggo le rose da dietro la schiena e le appoggio all'incavo del gomito.

Caleb le fissa. «Meglio dargli un piccolo preavviso. Non si può piombare così su un tizio depresso. E se fosse lì a suonare una canzone piagnucolosa alla chitarra? Sarebbe troppo imbarazzante.» Si avvicina alla scala e urla: «Eli, hai visite!».

Nessuna risposta.

Caleb scuote la testa, va di sopra e bussa alla porta. Io lo seguo fin quasi in cima alle scale, origliando senza vergogna.

«Che c'è?» chiede Eli.

«Hai una visita. È una donna dall'espressione depressa, con le rose.»

C'è un po' di rumore e poi appare Eli. «Jenna.»

Caleb va nella sua stanza e chiude la porta, lasciandoci la nostra privacy.

«Ciao» dico, con il cuore che batte forte.

Lui studia la mia espressione. «Ciao. Scendiamo.»

Scendo le scale con le gambe che tremano. Appena arriviamo in soggiorno, gli tendo le rose. «Mi sei mancato. C'è un biglietto.»

Lui toglie il biglietto dalla piccola busta e lo legge. Poi mi afferra con il braccio libero e mi stringe a sé. «Jenna.»

Gli metto le braccia intorno alla vita, tenendolo stretto a lungo, con il cuore che mi romba nelle orecchie. Alzo gli occhi, con l'emozione che mi chiude la gola. «Dico sul serio, Eli. Ti amo.»

Lui mi appoggia la mano sulla guancia, con il viso arrossato, gli occhi velati di lacrime. «Questo è esattamente ciò che avevo scritto nel biglietto anni fa.» Appoggia i fiori sul tavolino e alza il biglietto con le due paroline che contengono tanto sentimento: ti amo.

Resto a bocca aperta. «È quello che avevi scritto quando avevi sedici anni? È un gesto così coraggioso!»

«È imbarazzante da ammettere, ma è la verità.» Infila il biglietto nella tasca posteriore, mi prende il volto tra le mani e mi bacia teneramente. «Ti amo. Ancora, sempre.»

Sento il calore che mi invade il petto. Mi sento leggera. È felicità pura, come non l'ho mai provata. Questo è un uomo che conosce la mia forza e le mie debolezze, e ama tutto di me. Mi tiene vicina e io sospiro, avvolta nella felicità e in tanto amore. Restiamo così a lungo. Non riesco a smettere di sorridere. Sono così felice di essere di nuovo insieme.

Eli si stacca e mi guarda negli occhi con tanto amore che mi chiedo come abbia fatto a non accorgermene prima. Mi sento viva, come se potessi spontaneamente cominciare a ballare la quadriglia. Ah! Invece lo bacio.

Gli passo le dita sulla nuca. «Allora, una dichiarazione d'amore mi avrebbe sbalordita.»

Le sue labbra si curvano in un sorrisino. «Prematura ma sentita. Mi dispiace di essere stato così suscettibile sul fatto di essere stato io l'unico adorante per così tanto tempo. Avrei dovuto ricominciare da zero quando ci siamo ritrovati da adulti e dimenticare tutto il resto.»

Mi scosta i capelli dalla faccia. «Non voglio che ti senti obbligata a essere all'altezza della versione di fantasia che mi sono costruito nella mente. Ti amo esattamente come sei adesso.»

«È un sollievo, perché sono tutt'altro che perfetta.»

«Nemmeno io. Inoltre la maggior parte delle mie fantasie era del tipo erotico, e tu hai decisamente superato le aspettative.»

«Buono a sapersi. Da quanto tempo hai queste fantasie inconfessabili?»

«Meglio che tu non lo sappia» dice sorridendo.

Faccio un respiro profondo. «Ho avuto una conversazione a cuore aperto con Sydney ed è d'accordo con me, con noi. Le ho confessato tutto, incluso quanto ti amo. È tutto ciò che voleva sapere.»

«Lo so, però ha superato i limiti.»

Mi stacco da lui. «Beh, ha ammesso il suo errore e si è scusata. C'è ancora una cosa che ti devo dire.»

Lui inclina la testa, fissandomi negli occhi.

«Avevo bisogno di riaprire il mio cuore e...» Strillo quando la testa di Lucy appare tra le mie gambe. La spingo indietro e lei spinge il muso contro la mia mano per farsi coccolare. Le accarezzo la testa, sentendomi più calma. «Sto lavorando su me stessa, per guarire ed essere più aperta. In effetti, di fuori c'è qualcuno che aspetta di conoscerti.»

Eli aggrotta le sopracciglia. «Davvero?»

«Sì. Assicurati che Lucy stia qui. Non so come reagirà.»

Esco e lui mi segue. Quando arrivo davanti al sedile posteriore la testa di Mocha appare di colpo e lui abbaia felice. Ha legato con me, ma non si sente ancora a suo agio con gli altri. Apro la portiera, afferrando il guinzaglio prima di slacciare la cintura di sicurezza. Lui salta fuori dall'auto e corre verso di me. Lo tengo stretto e gli dico di sedersi.

Mocha nota all'improvviso Eli e fa un passo indietro, mettendosi dietro di me.

«Questo è Mocha» dico. «L'ho adottato perché stavo tentando di superare uno dei dolori del mio passato, quando i miei genitori avevano regalato il mio amatissimo cane. Anche se adoro i cani non mi sono mai permessa, da adulta, di averne uno perché non riuscivo a sopportare l'idea di perderne un altro. Non so se sia logico, ma... Comunque, sto cercando di guarire e voltare pagina. Mocha mi sta aiutando.»

«Perfetto. Sono contento di saperlo.» Mi bacia prendendomi il volto tra le mani e guardandomi negli occhi. «Sono contento che l'abbia fatto.»

Mocha abbaia.

Mi volto a guardarlo. «Va tutto bene. Eli è uno dei nostri.»

Eli si accuccia e offre la mano a Mocha perché l'annusi. Io gli passo un biscottino perché lo dia al cane, che lo prende e permette a Eli di accarezzarlo. Progressi. È normale che Mocha si fidi di Eli. È un grand'uomo.

Eli mi guarda. «È ancora un cucciolo.»

«Il dottor Russo dice che ha nove mesi. Quando si sente a suo agio è un giocherellone.»

Eli si alza, sorridendomi. «Dici che dovremmo presentarlo a Lucy?»

Gli sorrido. «Sì. Dopotutto, un giorno potrebbero essere compagni di stanza.»

«Compagni di stanza, eh?»

«Mocha potrebbe essere nostro, perché spero che un giorno staremo insieme.»

Lui studia la mia espressione. «Le tue idee sul matrimonio sono cambiate?»

Risucchio il fiato, allarmata.

«Non ti sto chiedendo di sposarmi, solo se le tue idee sono cambiate.»

Penso ai progressi che sto facendo con Mocha. Mi piace avere qualcuno di cui prendermi cura. «Penso che un giorno mi piacerebbe avere dei figli.»

«Okay, figli.» Eli mi accarezza la guancia. «Mi piace questa risposta.»

Alzo una mano. «Prenderei in considerazione il matrimonio solo con te, ma non chiedermelo adesso. Dovremmo stare insieme almeno un anno, solo per essere sicuri.»

Eli mi bacia. «Non ho fretta.»

Mi rilasso. E poi sorrido tanto che mi fanno male le guance. «Sono felice in modo ridicolo. Non riesco a smettere di sorridere.»

«Nemmeno io» dice ridendo. «Fammi portare fuori Lucy per presentarle il nuovo membro della famiglia.»

Sento la felicità che sale dentro di me, come tante bollicine, facendomi sentire effervescente e come se fluttuassi nell'aria. *La nostra famiglia.*

Un momento dopo, Lucy si precipita fuori di casa con Eli e Mocha si nasconde dietro di me.

Eli fa sedere Lucy e io le avvicino Mocha, dando un biscottino a entrambi i cani. Lucy si sposta per annusare Mocha, che resta immobile e fermo. Dopo averlo annusato, scodinzola invitandolo a giocare. Mocha sembra incerto.

«È un buon inizio» dice Eli. «Lucy vuole giocare. Portiamoli in casa insieme e lasciamoli giocare con tutte le cose che ci sono nel suo cestino.»

Lo seguo. Mocha annusa il perimetro della stanza mentre Lucy prende un giocattolo dopo l'altro, lasciandoli cadere accanto a Mocha.

«Penso che gli insegnerà come rilassarsi» dico. «Forse per lui sarà una terza mamma.»

«Terza?»

«C'è la sua mamma canina, poi me, la sua seconda mamma. Ho il cappello che lo prova. Dice proprio "Dog Mom".»

«Sembra ufficiale» mi dice scherzoso, tirandomi una ciocca di capelli. «Devi essere stata nello studio del dottor Russo.»

Lucy abbaia e Mocha finalmente alza la testa, smettendo di annusare intorno. Poi nota la grande sagoma di gomma a forma di otto che Lucy gli ha deposto accanto. La prende cautamente e poi si siede per masticarla. Lucy prende il suo giocattolo arancio a forma di manichetta dei pompieri e si sistema accanto a lui.

«Mentre sono occupati, magari noi potremmo...» Eli indica

il piano superiore.

«C'è Caleb» sussurro.

«Ehi, Caleb!» grida Eli.

Un momento dopo scende di corsa. «Lo so, lo so. Passerò la notte a casa di Drew. Devo comunque lavorare domani mattina.» Lavora part-time al dojo con Drew, tra un servizio fotografico e l'altro.

Eli mi prende la mano e mi accompagna di sopra. «Quando hai capito che mi amavi?»

«Mi sembra di averti sempre amato.»

«Non parlo di quando eravamo ragazzi.»

«Ho sempre avuto un debole per te. Mi sono sempre piaciuti il tuo senso dell'umorismo e la tua malizia.»

Arriviamo nella sua camera ma mi ferma, mettendomi le mani sui fianchi. «E da adulti?»

Torno con la mente a tutte le cose che mi ha mostrato Eli: i piccoli gesti, la tenerezza, la burbera generosità. «Direi che è stato quando mi hai rapita. Pensavo: ecco un uomo che tiene a me abbastanza da portarmi via da tutto solo per conoscermi meglio.»

«Mmm, qualcuno potrebbe dire che non era esattamente una cosa romantica. E ti ho ammanettato.»

«Perché avevi capito che avevo bisogno di una spinta. Poi la mossa di dire che il sesso non era contemplato... Veramente geniale. Non l'aveva mai fatto nessuno. Anche se poi, una volta che ci siamo baciati, era inevitabile.»

Mi bacia, sorridendo contro le mie labbra. «Ti ho adorato per tutta la vita, ma è diventato vero amore quando ti ho visto guardare con desiderio la fotografia della pronipote del Generale Joan. Ho visto l'amore di cui eri capace e ho capito che lo volevo per me. Quel giorno mi sono innamorato e continuerò a esserlo, ogni giorno per il resto della mia vita.»

«Oh, Eli.» Gli metto le braccia intorno al collo e lo bacio con passione.

Entriamo in camera abbracciati.

Sento la porta sbattere dietro di me e poi non c'è altro che amore vero, bollente e reale.

EPILOGO

Eli

È il sabato dopo il Giorno del Ringraziamento e sto suonando la chitarra all'Horseman Inn. Ho invitato Jenna alla festa del Giorno del Ringraziamento con la mia famiglia che quest'anno era a casa di Sydney e Wyatt. Era l'unico posto grande a sufficienza per la nostra famiglia in espansione. Wyatt e Sydney hanno invitato la madre e le tre sorelle di Wyatt, poi ci sono io e i miei tre fratelli. È un po' folle, con tutte queste persone e i cani. Ho detto a Wyatt che dovremmo creare una specie di Superbowl canino e lasciare che i cani giochino la loro versione di football con i giocattoli per cani. Non ha acconsentito perché ritiene che la sua piccola shih tzu, Palla di Neve, sarebbe svantaggiata. Probabilmente ha ragione. Specialmente se guardiamo la concorrenza. Wyatt e Sydney hanno un incrocio di pitbull, Jenna e io abbiamo due pitbull, mio fratello Adam ha un bulldog inglese e Caleb ha appena adottato un Siberian Husky che era arrivato al rifugio. Tutti cani molto più grossi e forti della piccola Palla di Neve.

Jenna e io ci siamo fermati all'appartamento di suo padre, dove vive adesso sua madre, per il dessert. Sì, dopo tutto quel melodramma, i genitori di Jenna sono di nuovo insieme, non si sono sposati, ma sembrano felici. C'è anche la sorella di

Jenna, Eve, che sta cercando di riconciliarsi con la sua famiglia. Immagino che alcune coppie non riescano a fare a meno di essere attratte l'uno dall'altra, nonostante le rotture, anche se non sanno come far funzionare il matrimonio. Dico: se va bene per loro... Purché non mettano in mezzo Jenna.

Sto suonando *I don't want to miss a thing* degli Aerosmith, su richiesta di Jenna. È la nostra canzone. Lei è seduta al tavolo più vicino a me e sembra proprio la mia fan più accanita. Giuro che è ogni giorno più bella. I capelli biondi arrivano a sfiorare le spalle dell'abito di maglia beige a maniche lunghe che aderisce al suo corpo sexy e finisce a metà coscia. Ovviamente non è solo la bellezza dei capelli, dei vestiti o del corpo che la fa brillare. È perché è innamorata. Mi sta sorridendo, con gli occhi verdi che scintillano, le guance rosate.

Le sorrido anch'io fissandola negli occhi e mimo con le labbra: *Ti amo*.

«Ti amo anch'io» sussurra.

Ha invitato gli amici a venire qua stasera, oltre ai suoi genitori e sua sorella. In effetti, c'è più folla di quanta ne abbia mai vista per un sabato dopo il Giorno del Ringraziamento. Nella sala da pranzo posteriore c'è solo posto in piedi con tutta quella gente.

Finisco la canzone e ricevo applausi entusiastici.

Jenna si alza e getta una cosa nella custodia della mia chitarra. La prendo. Strano. È una fotografia del compleanno di Sydney, quando io avevo sette anni e Jenna nove. Le ragazze sono tutte vicine e sorridono. Io sono dietro a Jenna e faccio le orecchie da coniglio.

Scoppio a ridere. «È strepitosa.»

«L'ho trovata in un vecchio album di fotografie» dice Sydney. Lei e Jenna sono più legate che mai. Continuo a sentire la parola "sorelle". Mia sorella è entusiasta del fatto che Jenna faccia parte della famiglia. Beh, non ufficialmente, ma...

Jenna lascia cadere un altro oggetto nella custodia. È un distributore di gomma giocattolo di biscottini per cani.

Inarco le sopracciglia, curioso. I cani non sono qui con noi.

Jenna sorride maliziosa e getta un altro oggetto. È un cartoncino con la ricetta del sidro al whisky e sciroppo d'acero che abbiamo bevuto al lodge nel New Hampshire. Rye whiskey, sciroppo d'acero, limone e sidro di mele. Okay, penso di capire che cosa vuole fare. Questi piccoli oggetti sono come un viaggio lungo il viale dei ricordi, tranne il nuovo giocattolo per cani.

Jenna si avvicina, toglie la mano da dietro la schiena e lascia cadere nella custodia una giarrettiera blu.

Sento il cuore che accelera. *Questo* riguarda il matrimonio.

Poi all'improvviso, Jenna si mette su un ginocchio accanto alla mia sedia. Io appoggio la chitarra nella custodia per rivolgerle tutta la mia attenzione.

«Avevi indovinato?» sussurra. «Ti ho dato qualcosa di vecchio, qualcosa di nuovo, qualcosa in prestito e qualcosa di blu. Sono innamorata di te, Eli, e voglio passare il resto della mia vita con te. Vuoi sposarmi?»

Mi si riempiono gli occhi di lacrime. Non riesco a credere che l'abbia fatto. «Sono senza parole.»

«Rispondile!» urla qualcuno.

Mi rendo conto di colpo del motivo per cui ha invitato entrambe le nostre famiglie e i nostri amici. Voleva condividere pubblicamente il nostro fidanzamento, tutto allo scoperto.

«Certo che ti sposerò.» La sollevo dal pavimento e l'abbraccio stretta. «Jenna, amore mio.»

Mi tiro indietro per guardarla e le asciugo le lacrime dalle guance. «Mi hai veramente sorpreso. Avevi detto che avremmo dovuto aspettare un anno.»

«Quella era la Jenna spaventata che parlava.» Prende un anello di fidanzamento di diamanti dalla tasca del suo vestito. «Questa è la Jenna *perdutamene innamorata, che non guarderà più indietro.*» Si infila l'anello. «Ho scelto quello che mi sarebbe piaciuto.»

«E adesso che cosa farò con l'anello di diamanti che ho a casa?»

Lei fa un urletto e mi getta la braccia intorno al collo. «Avrei detto di sì se me l'avessi chiesto per primo.»

«Ovvio, sono irresistibile» dico e la bacio.

La folla applaude e sento il botto del tappo di una bottiglia di champagne. Poi si avvicinano tutti congratulandosi.

Audrey è la più sorridente. «Congratulazioni! Sono così felice per voi. E mi piace pensare di aver avuto una piccola parte nell'aiutarvi a mettervi insieme.»

Abbraccio Audrey. «Ti ringrazio per essere stata dalla mia parte.»

Lei sorride. «Ero dalla parte di entrambi. Sapevo solo che eravate perfetti l'uno per l'altra.»

Jenna si toglie l'anello e lo passa ad Audrey. «Puoi tenermelo al sicuro finché potrò riportarlo al negozio? Ho scoperto che Eli mi aveva già preso un anello. Voglio che sia il suo quello ufficiale.»

Audrey fissa l'anello come fosse un serpente. «Uhm, non puoi metterlo in borsetta?»

«So che sembra superstizione, ma mi sembra che dovrei avere solo quello ufficiale.»

Audrey lo infila in borsa, guardandosi attorno, come se stesse nascondendo qualcosa di pericoloso.

«Puoi metterlo al dito, se vuoi» dice Jenna.

Audrey scuote vigorosamente la testa. «No, non sarebbe giusto. Lo terrò finché potrai restituirlo.»

«La settimana prossima.»

«Capito» dice Audrey, rigida, come se fosse in guardia. «È importante che ti senta a tuo agio con il tuo fidanzamento.»

La sorella di Wyatt, Paige, si china verso di noi mentre sta parlando con Brooke e Sydney. «In effetti, non accettano restituzioni per gli anelli di fidanzamento, oppure ti danno solo un rimborso parziale. Chiedimi come faccio a saperlo.»

«Posso portare il tuo vecchio anello per tenere lontano gli uomini?» chiede Brooke a Paige. «Sono stufa di attirare il peggio del peggio della specie maschile.»

Paige fa spallucce. «Certo, cerca però di non perderlo.»

Brooke sbuffa. «Ti sei fidata di Kayla che l'ha portato un'intera estate mentre giocava al finto fidanzamento.»

«Mi fido di te. Avevo detto anche a lei di non perderlo.»

Si allontanano, battibeccando proprio come fanno i fratelli. Brooke sembra aver completamente dimenticato che l'avevano offerta come compagna per me. Non avrebbe mai funzionato. Il mio cuore era già preso.

Caleb appare di fianco a me e non può fare a meno di vantarsi. «Sembra che il mio consiglio estremamente saggio abbia funzionato. Ti ho detto di tirarti indietro e che sarebbe venuta lei da te.»

«In effetti...» comincia a dire Jenna.

L'interrompo prima che possa parlargli di come le ho dato la caccia. «Non è stato il tuo consiglio. Le avevo detto quanto tenessi a lei. Forse potresti provare anche tu e una volta tanto avresti qualcosa di reale.»

Caleb mi afferra la spalla. «Sono troppo giovane per sistemarmi, vecchio.»

«Hai solo due anni meno di me.»

Jenna sorride serenamente. «L'età non conta molto quando si tratta di amore.»

Caleb scuote la testa. «L'unico per cui provo amore è Huckleberry.» È il suo nuovo Husky di due anni, un essere felice, esattamente come il suo proprietario.

«Almeno chiamalo Huck» dice una voce femminile. «Gli altri cani si prenderanno gioco di lui con un nome così ridicolo.»

Mi volto e vedo Sloane, la meccanica che ha riparato la mia auto. È seduta dall'altro capo del bar.

Caleb le si avvicina, per difendere la sua scelta del nome.

Sloane gli volta le spalle, respingendo la sua argomentazione appassionata.

Caleb le dice qualcosa, con il suo sorriso affascinante sul volto, probabilmente offrendole da bere.

Lei scuote la testa, getta qualche banconota sul bancone ed esce.

Caleb la fissa mentre va.

«Probabilmente è la prima donna che lo pianta in asso in quel modo» dico sottovoce.

«È sembrato doloroso» sussurra Jenna. «Sono lieta di non dover più affrontare quel mondo selvaggio.»

Le metto una ciocca dei capelli di seta dietro l'orecchio. «Adesso sei nel mondo selvaggio di Eli.»

«Quando mi hai comprato un anello di fidanzamento?»

«Quando mi hai portato le rose, subito il giorno dopo. Sapevo che eri tu la donna per me. Stavo solo aspettando il momento giusto. Avevo pensato alla Vigilia di Natale, forse baciarti sotto il vischio e poi metterti l'anello al dito e chiederti di sposarmi.»

Lei sorride. «Eri terribilmente sicuro che avrei detto di sì. Mettermelo al dito prima di ricevere la mia risposta.»

«Era la mia soluzione alternativa al tuo "aspettiamo un anno". Fare tutto di corsa.»

E Jenna scoppia a ridere.

«E anche tu dovevi essere fiduciosa. Hai invitato tutti quelli che conosciamo come testimoni.» Le metto la mano sulla guancia e la bacio. «Immagino che avessimo ragione entrambi. Sinceramente, non avevo il minimo dubbio.»

«Nemmeno io. Possiamo tornare a casa tua a prendere l'anello che avevi scelto?»

«Sicuramente.»

Usciamo dalla porta insieme, mano nella mano, con i nostri amici e le nostre famiglie che fischiano e applaudono.

Arrivati nel parcheggio silenzioso, sotto la luce della luna, mi volto verso di lei. «Probabilmente pensano che stiamo per...»

«Progettare il nostro futuro insieme.»

«Stavo per dire strapparci i vestiti di dosso. Mettiamo in programma di comprare una casa insieme appena ne troveremo una a Summerdale che piace a entrambi. Nel frattempo, puoi venire a vivere da me.»

«E Caleb?»

«Forse potrebbe usare il tuo appartamento mentre noi occupiamo la casa. Dopo tutto, siamo in due *più* due cani. È una vera a propria famiglia. Ci serve spazio per allargarci, in una casa col giardino.»

«Se lui ci sta, a me va bene.»

Andiamo verso la mia Mustang, che brilla d'argento sotto la luce della luna. È una bellezza, forse ancora di più ora che il paraurti non è più perfetto. Mi ricorda felicemente di come mi sono ritrovato con Jenna.

Mi volto a guardarla. «Che ne pensi di un matrimonio alla Vigilia di Capodanno? Una piccola cerimonia.»

Lei mi getta la braccia intorno al collo. «Sì. Mi piace l'idea. Una cerimonia piccola e intima, niente di troppo elaborato. E poi possiamo cominciare la nostra nuova vita a Capodanno.»

«Figli quando sarai pronta. Voglio diventare padre, il mio è stato un grande esempio.»

Jenna si asciuga gli occhi. «Per tutto questo tempo, avevo una paura opprimente di che cosa avrebbe significato una relazione seria, ma ora tutto ciò che provo è felicità.»

«Allora, perché stai piangendo?»

«Lacrime di felicità.»

Le bacio il collo, respirando il suo profumo. «Non sapevo che Jenna Larsen potesse piangere di felicità.»

Jenna mi dà uno spintone scherzoso. «Adesso sì, grazie a te.»

Sorrido. «Prego.»

Le sue labbra si uniscono alle mie in un bacio appassionato, fin troppo per un parcheggio. Lo interrompo. «Andiamo, devo portarti a casa.»

«Sì, casa.»

Mai parola è stata così dolce.

Non perdetevi il prossimo volume della serie: *Toying - Caleb*, nel quale Caleb viene colpito da un fulmine... d'amore.

Sloane

Quando ti dicono che sei il brutto anatroccolo, impari a non farti molte illusioni. Quindi, che cosa faccio quando Caleb Robinson, un modello stupendo, mi offre da bere? Lo rifiuto nettamente. Dev'essere uno scherzo.

Due giorni dopo sto lavorando in officina con la mia tuta blu sporca e sbaffi di grasso sulla faccia e lui si fa vivo di nuovo e me lo richiede. Sono *senza parole*. Che diavolo ha in mente questo tizio? Gli uomini come lui non escono con le ragazze come me.

Caleb

Sto dando la caccia alla donna più fantastica che ci sia mai stata, che è destinata a diventare mia moglie: Sloane Murray. Papà ha sempre detto che era così che era successo a lui. Aveva chiesto alla mamma di sposarlo al loro primo appuntamento. Finora non avevo mai creduto che potesse succedere così in fretta.

Lentamente ma inesorabilmente, convinco Sloane della mia sincerità e il nostro futuro sembra pieno di speranze finché la porto nel mio mondo da modello. Il problema è che non si adatta. E quando la mia carriera prende il volo, è chiaro che non posso inseguire il grande sogno e la ragazza dei miei sogni. Se l'amore fosse semplice come il primo colpo di fulmine.

Iscrivetevi alla mia newsletter per non perdervi le nuove uscite: https://www.kyliegilmore.com/ITnewsletter

ALTRI LIBRI DI KYLIE GILMORE

Storie scatenate

Fetching - Wyatt (Libro No. 1)

Dashing - Adam (Libro No. 2)

Sporting - Eli (Libro No. 3)

Toying - Caleb (Libro No. 4)

Blazing - Max (Libro No. 5)

I Rourke di Villroy,
Principi da sogno ed eroine tostissime.

Royal Catch - Gabriel (Libro No. 1)

Royal Hottie - Phillip (Libro No. 2)

Royal Darling - Emma (Libro No. 3)

Royal Charmer - Lucas (Libro No. 4)

Royal Player - Oscar (Libro No. 5)

Royal Shark - Adrian (Libro No. 6)

I Rourke di New York

Rogue Prince - Dylan (Libro No. 1)

Rogue Gentleman - Sean (Libro No. 2)

Rogue Rascal - Jack (Libro No. 3)

Rogue Angel - Connor (Libro No. 4)

Rogue Devil - Brendan (Libro No. 5)

Rogue Beast - Garrett (Libro No. 6)

Andate sul mio sito web kyliegilmore.com / italiano per vedere la
lista aggiornata dei miei libri.

L'AUTRICE

Kylie Gilmore è l'autrice Bestseller di USA Today delle serie: I Rourke; Storie scatenate; The happy endings Book Club; The Clover Park e The Clover Park Charmers. Scrive romanzi rosa umoristici che vi faranno ridere, piangere e allungare le mani per prendere un bel bicchiere d'acqua.

Kylie vive a New York con la sua famiglia, due gatti e un cane picchiatello. Quando non sta scrivendo, tenendo a bada i figli o prendendo debitamente appunti alle conferenze per gli scrittori, potete trovarla a flettere i muscoli per arrivare fino all'armadietto in alto, dove c'è la sua scorta segreta di cioccolato.

Iscrivetevi alla newsletter di Kylie per avere notizie sulle nuove uscite e sulle vendite speciali: kyliegilmore.com/IT-newsletter. Controllate il sito web di Kylie per trovare altra roba divertente: https://www.kyliegilmore.com/italiano/.

CPSIA information can be obtained
at www.ICGtesting.com
Printed in the USA
LVHW082152260123
738051LV00029B/823